Lord Byron

Poésies diverses

Poésies diverses,
composées en 1807 et 1808

L'Adieu, écrit à une époque où l'auteur croyait qu'il allait bientôt mourir

Adieu, colline où les joies de l'enfance ont couronné de roses mon jeune front, où la Science appelle l'écolier paresseux pour lui dispenser ses trésors ; adieu, amis ou ennemis de mon jeune âge, compagnons de mes premiers plaisirs, de mes premières peines ; nous né parcourrons plus ensemble les sentiers d'Ida ; je descendrai bientôt dans l'étroite et sombre demeure où il fait toujours nuit et où l'on dort d'un éternel sommeil.

Adieu, vénérables et royales demeures qui élevez vos spirales dans la vallée de Cranta, où règnent l'Étude en robe noire et la Mélancolie au front pâle. Compagnons de mes heures joyeuses, habitants du classique séjour que baigne le Cam aux verdoyantes rives, recevez mes adieux pendant que la mémoire me reste encore ; car pour moi bientôt ces souvenirs s'effaceront, immolés sur l'autel de l'Oubli.

Adieu, montagnes des contrées qui ont vu grandir mes jeunes années, où le *Loch na Garr*, neigeux et sublime, lève son front géant. Pourquoi, régions du Nord, mon enfance s'éloigna-t-elle de vous, et alla-t-elle, se mêler aux fils de l'Orgueil ? Pourquoi ai-je échangé contre le séjour du Midi ma caverne highlandaise, Marr et ses sombres bruyères, la Dée et son flot limpide ?

Manoir de mes pères, adieu pour longtemps ! Mais pourquoi te dirais-je adieu ? L'écho de tes voûtes répétera mon glas de mort ; tes tours contempleront ma tombe. La voix défaillante qui a chanté la ruine actuelle et la gloire passée, ne peut plus faire entendre ses simples accents ; mais la lyre a conservé ses cordes, et parfois le souffle des vents y éveillera les sons mourants d'une éolienne mélodie.

Campagnes qui entourez cette cabane rustique, adieu pendant que je respire encore ; en ce moment vous n'êtes point oubliées, et votre souvenir m'est cher. Rivière qui m'as vu souvent, pendant la chaleur du jour, m'élancer de ton rivage et fendre d'un cours agile ton onde frémissante, tes flots ne baigneront plus ce corps aujourd'hui sans force.

Et dois-je oublier ici le lieu le plus cher à mon cœur ? Des rochers se dressent, des fleuves coulent entre moi et ce séjour où je savourai le bonheur d'aimer ; et pourtant, ô Marie ! ta beauté m'apparaît vivante, comme naguère dans le rêve enchanteur de l'amour, né d'un de tes sourires. Jusqu'à ce que le mal lent qui me consume ait abandonné sa proie à la Mort, mère de la Destruction, ton image ne saurait s'effacer de ma mémoire.

Et toi, mon ami, dont la douce affection fait vibrer encore les fibres de mon cœur, oh ! combien ton amitié était au-dessus de ce que des paroles peuvent exprimer ! Je porte encore sur mon cœur ta cornaline, don sacré de la tendresse la plus pure, que mouilla naguère une larme de tes yeux émus. Nos âmes étaient de niveau en ce moment si doux, et la différence de nos destinées était oubliée : l'orgueil seul pourra m'en faire un sujet de reproche.

Tout, tout maintenant est triste et sombre ! Nul souvenir d'un amour décevant ne peut réchauffer mes veines ni me rendre les pulsations de la vie ; l'espérance même d'un immortel avenir ne pourrait, par l'appât de ses couronnes imaginaires, ranimer mon épuisement et réveiller ma langueur. J'aurai vécu sans gloire, pour cacher ma face dans la poussière et me mêler à la foule des morts.

Ô Gloire ! divinité de mon cœur, heureux celui à qui tu daignes sourire ! Embrasé par tes feux immortels, la Mort ne peut rien sur lui, et son dard tombe émoussé. Mais moi, elle me fait signe de la suivre, et je meurs obscur et sans nom. Nul n'aura remarqué ma naissance ; ma vie n'aura été qu'un rêve court et vulgaire. Confondu dans la foule, un linceul, voilà tout mon espoir ; l'oubli, voilà ma destinée.

Quand je dormirai oublié sous le sol et dans l'argile que foulaient naguère mes jeux enfantins et où doit maintenant reposer ma tête, ma tombe chétive ne sera arrosée que par les vapeurs de la nuit ou les pleurs de l'orage. Les yeux d'aucun mortel ne daigneront humecter d'une larme le gazon funéraire qui recouvrira un nom inconnu.

Âme agitée, oublie ce monde ! Tourne, tourne tes pensées vers le ciel : c'est là que bientôt tu dois diriger ton vol, si toutefois tes fautes sont pardonnées. Étrangère aux bigots et aux sectes, prosterne-toi devant le trône du Tout-Puissant ; adresse-lui ta prière tremblante. Il est miséricordieux et juste ; il ne repoussera pas un fils de la poussière, l'objet le plus chétif de sa sollicitude.

Père de la lumière, c'est toi que j'implore ! Les ténèbres remplissent mon âme ; toi qui remarques la chute du passereau, éloigne de moi la mort du péché. Toi qui guides l'étoile errante, qui apaises la guerre des éléments, qui as pour manteau le firmament sans limite, pardonne-moi mes pensées, mes paroles, mes fautes ; et puisque je dois bientôt cesser de vivre, apprends-moi à mourir.

1807.

À une dame vaine

Insensée ! pourquoi révéler ce qui ne devait jamais arriver à d'autres oreilles ? Pourquoi détruire ainsi ton repos, et te creuser dans l'avenir une source de larmes ?

Oh ! tu pleureras, fille imprudente, pendant que souriront secrètement tes ennemis jaloux ; tu pleureras l'indiscrétion qui t'a fait redire les paroles décevantes qu'on t'adressait.

Fille vaine, tes jours d'affliction s'approchent, si tu crois ce que te disent les jeunes hommes. Oh ! fuis les pièges de la tentation, et ne deviens pas la proie du corrupteur habile.

Ainsi donc, tu redis avec un orgueil d'enfant les discours qu'on ne te tient que pour te tromper ! Si tu as le malheur d'y ajouter foi, c'en est fait de ton repos, de tes espérances, de toi !

Pendant qu'au milieu de tes compagnes, tu répètes ces doux entretiens, vois sur leurs lèvres ces sourires ironiques que la duplicité voudrait en vain cacher.

Ces choses, couvre-les du voile du silence ; n'appelle pas sur toi les regards du public : quelle vierge modeste pourra sans rougir répéter les adulations d'un fat !

Le jeune homme ne méprisera-t-il pas celle qui se plaît à répéter les flatteries obligeantes qu'on lui adresse ; qui, s'imaginant que le ciel est dans ses yeux, ne sait point pourtant découvrir l'imposture sous son voile transparent ?

Car la femme qui aime à révéler tous ces riens amoureux que sa vanité l'empêche de tenir secrets, doit nécessairement croire tout ce qu'on lui dit et lui écrit.

Corrige-toi donc, si tu mets quelque prix à l'empire de ta beauté ! Ce n'est pas la jalousie qui me fait parler. Celle que la Nature fit si vaine, je puis en avoir pitié ; mais je ne puis l'aimer.

15 janvier 1807.

À Anna

Ô Anna ! vous avez été bien coupable envers moi ! J'ai cru qu'aucune expiation ne désarmerait mon courroux ; mais la femme fut créée pour nous commander et nous tromper ; j'ai revu votre visage, et je vous ai presque pardonné !

J'avais juré que vous n'occuperiez plus un seul moment ma pensée, et pourtant un jour de séparation me parut long : quand je vous revis, j'étais résolu à ne pas me fier à vous ; votre sourire m'a convaincu bientôt de l'erreur de mes soupçons.

J'avais juré, dans le transport de ma jeune indignation, de vous vouer désormais le plus froid mépris : je vous vis, – ma colère se changea en admiration ; et maintenant tous mes vœux, tout mon espoir, sont de vous reconquérir.

Contre une beauté telle que la vôtre, combien il est insensé de lutter ! Je m'incline humblement devant vous pour obtenir mon pardon. Pour terminer une discussion aussi inutile, je n'ajoute plus qu'un mot : trahissez-moi, ma douce Anna, le jour où je cesserai de vous adorer.

16 janvier 1807.

À la même

Oh ! ne dites point, douce Anna, que la destinée avait résolu que le cœur qui vous adore chercherait à briser ses liens. C'eût été pour moi une destinée ennemie que celle qui m'eût enlevé à jamais à l'amour et à la beauté.

Votre froideur, fille charmante, voilà la destinée qui seule m'obligea à imposer silence à ma tendre admiration. Ce fut elle qui détruisit tout mon espoir et tous mes vœux, jusqu'au jour où un sourire fit renaître mon ravissement.

Ainsi qu'on voit dans la forêt le chêne et le lierre, entrelacés, affronter réunis la fureur de la tempête, ainsi ma vie et mon amour ont été destinés par la nature à fleurir en même temps ou à mourir ensemble.

Ne dites donc point, ma douce Anna, que la destinée avait résolu que votre amant vous dît un éternel adieu : tant que la destinée n'aura pas ordonné à ce cœur de cesser de battre, mon âme, mon existence, seront absorbées dans vous.

1807.

À l'auteur d'un sonnet commençant par ces mots :

« Mon vers est triste, et ne fait point pleurer. »

Ton vers est « triste, » on n'en saurait douter, beaucoup plus triste que spirituel ! Je ne vois pas trop pourquoi nous pleurerions, à moins de pleurer de pitié pour toi.

Mais il est quelqu'un que je plains davantage encore, et certes, celui-là le mérite ; car, j'en suis sûr, celui qui te lit doit horriblement souffrir.

On pourra te lire *une fois* ; mais à moins d'être sorcier, on ne te lira pas une seconde. Assurément tes vers n'ont rien de tragique ; ils feraient même rire s'ils n'étaient pas trop ennuyeux.

Mais veux-tu nous mettre le désespoir au cœur, nous imposer une souffrance réelle, nous faire enfin pleurer tout de bon ? Je vais l'en dire le moyen : c'est de nous faire une seconde lecture de tes productions.

8 mars 1807.

Sur un éventail

Dans un cœur qui sentirait aujourd'hui comme il sentait autrefois, cet éventail eût pu raviver sa flamme ; mais aujourd'hui ce cœur ne peut s'attendrir, parce qu'il n'est plus ce qu'il était.

Lorsqu'un feu est prêt à s'éteindre, ce qui en redoublait l'activité et le faisait brûler avec plus de force, ne fait plus que hâter l'extinction des dernières étincelles.

Comme plus d'un jouvenceau, plus d'une jeune fille en a mémoire, il en est de même des feux de l'amour, alors que toute espérance meurt, et qu'ils disparaissent ensevelis sous leurs propres cendres.

Le *premier* feu, bien qu'il n'en reste plus une étincelle, une main soigneuse peut le rallumer. Hélas ! il n'en est pas de même du *dernier* ; nul n'a la puissance de le faire renaître.

Ou si, par hasard, il se réveille, si la flamme n'est pas étouffée pour toujours, c'est sur un autre objet (ainsi l'ordonne la capricieuse Destinée) qu'il répand sa première chaleur.

1807.

Adieu à la muse

Divinité qui régnas sur les jours de mon premier âge, jeune enfant de l'imagination, il est temps de nous séparer ; que les vents emportent donc encore sur leurs ailes ce chant qui sera le dernier, cette effusion de mon cœur, la plus froide de toutes !

Ce cœur, sourd maintenant à l'enthousiasme, imposera silence à tes accents émus, et ne te demandera plus des chants ; les sentiments de mon adolescence, qui avaient soutenu ton essor, se sont envolés au loin sur les ailes de l'Apathie.

Quelque simples que fussent les sujets qui faisaient résonner ma lyre grossière, ces sujets ont disparu pour toujours ; les yeux qui inspiraient mon rêve ont cessé de briller ; mes visions sont parties, hélas ! pour ne plus revenir.

9

Lorsqu'est bu le nectar qui remplissait la coupe, pourquoi chercher en vain à prolonger la joie du festin ? Lorsqu'est froide la Beauté qui vivait dans mon âme, quelle puissance de l'imagination pourrait ranimer mes chants ?

Mes lèvres peuvent-elles parler d'amour dans la solitude, de baisers et de sourires auxquels il leur faut dire adieu ? Peuvent-elles s'entretenir avec délices des heures écoulées ? Oh ! non ; car ces heures ne peuvent plus être à moi.

Parleront-elles des amis à l'affection desquels j'avais voué ma vie ? Ah ! l'amitié sans doute ennoblirait mes chants ; mais quelle sympathie éveilleront mes vers dans leur âme, lorsque je puis à peine espérer de les revoir ?

Dirai-je les hauts faits de mes pères, et consacrerai-je les sons éclatants de ma harpe à célébrer leur gloire ? Mais combien ma voix est faible pour de telles renommées ! combien sera insuffisante mon inspiration pour chanter les exploits des héros !

Je dépose ma lyre, encore vierge ; je laisse aux vents à faire résonner ses cordes : qu'elle se taise ! mettons fin à mes faibles efforts. Ceux qui l'ont entendue me pardonneront le passé, sachant que sa voix murmurante a vibré pour la dernière fois.

Son errante et irrégulière mélodie sera bientôt oubliée, maintenant que j'ai dit adieu à l'amitié et à l'amour. Heureux eût été mon destin, fortuné mon partage, si mon premier chant d'amour eût aussi été le dernier !

Adieu, ma jeune Muse, puisque maintenant nous ne devons plus nous revoir ! Si nos chants ont été faibles, du moins ils sont peu nombreux ; espérons que le présent nous sera doux, le présent qui met le sceau à notre éternel adieu.

À un chêne de Newstead

Jeune chêne, quand mes mains t'ont piaulé, j'espérais que tes jours seraient plus nombreux que les miens ; que tu balancerais au loin ton épais feuillage, et qu'autour de ton tronc vigoureux serpenterait le lierre.

Tel était mon espoir lorsqu'aux jours de mon enfance, sur le sol de mes pères, je le voyais croître avec orgueil. Ils sont passés, ces jours ! et voilà que j'arrose ta tige de mes larmes. Les herbes dont tu es entouré ne peuvent me cacher ton déclin.

Je t'ai quitté, ô mon, chêne ! et depuis cette heure fatale, un étranger a fixé son séjour dans le manoir de mes pères. Tant que je ne serai point homme, je ne pourrai rien pour toi ; ce pouvoir appartient à celui dont la négligence a failli te laisser mourir.

Oh ! tu étais fort ! et maintenant encore quelques soins suffiraient pour raviver ta jeune tête, pour cicatriser doucement tes blessures ; mais tu n'étais point destiné à partager son affection. Eh ! que pouvait sentir pour toi un étranger ?

Oh ! ne t'incline point ainsi, mon jeune chêne ; relève un moment ta tête ; avant que ce globe ait fait deux fois le tour de l'astre radieux que tu vois, mon adolescence aura complété ses années d'épreuve, et tu souriras de nouveau sous la main de ton maître.

Vis donc, ô mon chêne ! lève ton front au-dessus des herbes parasites qui entravent ta croissance et hâtent ton déclin ; car tu as encore au cœur des germes de jeunesse et de vie, et tes branches peuvent encore se déployer dans leur mâle beauté.

Oui, des années de maturité te sont encore réservées ; quand je dormirai dans la caverne de la mort, tu braveras le temps et le souffle glacé des hivers ; et pendant des siècles les rayons de l'aurore viendront dorer ton feuillage.

Pendant des siècles tu balanceras légèrement tes branches sur la tombe de ton maître, qu'elles couvriront comme d'un pavillon ; pendant qu'ainsi ton feuillage ombragera gracieusement sa tombe, ton nouveau possesseur s'étendra sous ton ombre.

Lorsque accompagné de ses enfants il visitera ce lieu, il leur dira tout bas de marcher doucement. Oh ! sans doute mon nom vivra flans leur mémoire : le souvenir sanctifie la cendre des morts.

« C'est ici, » diront-ils, « quand sa vie était à son aurore, qu'il a exhalé les simples chants de sa jeunesse ; c'est ici qu'il dort jusqu'au jour où le Temps disparaîtra dans l'Éternité. »

1807

Lors d'une visite à Harrow

Ici les yeux de l'étranger lisaient naguère quelques mots simples tracés par l'Amitié ; ces mots étaient en petit nombre, et néanmoins la main du Ressentiment voulut les détruire.

Malgré ses incisions profondes, les mots n'étaient point effacés ; on les voyait encore si lisiblement, qu'un jour l'Amitié, de retour, y jeta les yeux, et soudain les mots se reproduisirent à la Mémoire charmée.

Le Repentir les rétablit dans leur premier état ; le Pardon y joignit son doux nom ; et l'inscription redevint si belle, que l'Amitié crut que c'était la même.

Elle existerait encore maintenant ; mais, hélas ! malgré les efforts de l'Espérance et les larmes de l'Amitié, l'Orgueil accourut et effaça l'inscription pour toujours.

Septembre 1807.

Épitaphe de John Adams, voiturier de Southwell, mort d'un excès de boisson

Le voiturier Adams ici repose en terre.
À sa bouche sans peine il voiturait son verre.
Il en voitura tant, que, tout considéré,
La Mort dans l'autre monde enfin l'a voituré

Septembre 1807.

À mon fils

Cette chevelure blonde, ces yeux d'azur, brillants comme ceux de ta mère ; ces lèvres roses, au séduisant sourire, me rappellent un bonheur qui n'est plus, et touchent le cœur de ton père, ô mon fils !

Et tu balbuties déjà le nom de ton père ! Ah ! William, que ce nom n'est-il le tien. Mais écartons d'affligeants reproches et d'amers souvenirs, Va, mes soins paternels expieront mes torts ; l'ombre de ta mère sourira joyeuse ; elle me pardonnera tout le passé, ô mon fils !

Un simple gazon a couvert son humble tombe, et tu as pressé le sein d'une étrangère ; la Dérision insulte à ta naissance, et c'est à peine si elle te laisse un nom ici-bas. Qu'importe ? Tu n'en perdras pas une seule espérance ; le cœur d'un père est à toi, ô mon fils !

Eh ! que me font à moi le monde et sa rigueur barbare ? dois-je désavouer les droits sacrés de la Nature ? Non, non ! dussent les moralistes me désapprouver, je le salue, cher enfant de l'amour, bel ange, gage de jeunesse et de joie ; un père, protège ton berceau, ô mon fils !

Oh ! avant que l'âge ait ridé mes traits, avant que ma vie ail atteint le milieu de sa course, qu'il me serait doux de voir tout à la fois en toi et un frère et un fils, et de consacrer le déclin de mes ans à m'acquitter envers toi, ô mon fils !

Tout jeune et imprudent qu'est ton père, la jeunesse n'affaiblira pas en lui les sentiments paternels ; et, lors même que tu lui serais moins cher, tant que l'image d'Hélène revivra en toi, ce cœur encore palpitant de sa félicité passée n'en abandonnera jamais le gage, ô mon fils !

1807.

12

Adieu ! si dans le ciel on entend la prière

Adieu ! si dans le ciel on entend la prière d'une âme fervente qui prie pour le bonheur d'une autre, la mienne ne sera pas tout entière perdue dans les airs ; mais elle ira porter ton nom par-delà le firmament. Que servirait de parler, de pleurer, de gémir ? Oh ! plus de douleurs que n'en pourraient dire des larmes de sang, arrachées des yeux d'un coupable expirant, sont contenues dans ce seul mot : – Adieu ! – Adieu !

Mes lèvres sont muettes, mes yeux sont secs ; mais il y a dans mon sein et dans mon cerveau des tourments qui ne passeront point, une pensée qui ne sommeillera plus. Mon âme ne daigne ni n'ose se plaindre, malgré la révolte de la Douleur et de la Passion. Tout ce que je sais, c'est que nous avons aimé en vain ; tout ce que je sens, c'est – Adieu ! – Adieu !

1808.

Brillant soit le séjour de ton âme !

Brillant soit le séjour de ton âme ! Nulle âme plus adorable que la tienne ne brisa sa chaîne mortelle pour briller dans les sphères des bienheureux.

Ici-bas peu s'en fallait que tu ne fusses divine, comme tu le seras dans l'éternité. Nous pouvons calmer notre douleur en songeant que ton Dieu est avec toi.

Que le gazon de ta tombe te soit léger ! Puisse sa verdure resplendir de l'éclat de l'émeraude ! il ne doit pas y avoir une ombre de tristesse dans ce qui nous fait souvenir de toi.

Que de jeunes fleurs et un arbre toujours vert croissent au lieu où tu reposes ; mais qu'on n'y voie ni l'if ni le cyprès ! Pourquoi porterions-nous le deuil des bienheureux ?

1808.

Quand nous nous sommes quittés

Quand nous nous *sommes* quittés, dans le silence et les larmes, le cœur demi-brisé, pour ne nous revoir de longtemps, pâle et froide devint la joue, plus froid encore ton baiser : ce moment-là présagea vraiment la douleur de celui-ci.

La rosée du matin descendit glacée sur mon front. Ce que je ressentais alors était l'annonce de ce que je ressens maintenant. Tu as rompu tous tes serments, et légère est ta renommée ; j'entends prononcer ton nom, et j'en partage la honte.

Ils te nomment devant moi ; c'est un glas de mort à mon oreille ; je me prends à tressaillir. – Oh ! pourquoi me fus-tu si chère ? – Ils ne savent pas que je t'ai connue, moi qui t'ai connue trop bien. – Ton souvenir me suivra longtemps, empreint d'une profonde et ineffable amertume.

Nous nous vîmes en secret. – Je gémis en silence que ton cœur ait pu oublier et ton âme tromper. Si jamais je te revois, après de longues années d'absence, comment l'accueillerai-je ? Dans le silence et les larmes.

1808.

À un jeune ami

Peu d'années se sont écoulées depuis que tous deux nous étions amis, du moins de nom ; et, grâce à la joyeuse sincérité de l'enfance, nos sentiments restèrent longtemps les mêmes.

Mais maintenant tu sais trop, comme moi, combien il faut souvent peu de chose pour aliéner un cœur, et ceux qui ont aimé le plus, bientôt ne se souviennent même pas qu'ils ont aimé.

Si inconstant est notre cœur, si frôles sont nos premières amitiés, qu'il te suffira d'un mois, peut-être d'un jour, pour te faire changer de nouveau.

S'il en est ainsi, ce n'est pas moi qui déplorerai la perte d'un tel cœur. La faute n'en est point à toi, mais à la Nature, qui te fit une âme capricieuse.

Ainsi que les flots inconstants de la mer, les sentiments de l'homme ont leur flux et leur reflux. Et qui voudrait se fier à une âme toujours agitée de passions orageuses ?

Qu'importe qu'élevés ensemble, les jours de notre enfance aient été d'heureux jours ? Le printemps de ma vie a fui d'un vol rapide ; toi aussi tu as cessé d'être enfant.

Et quand nous prenons congé de la Jeunesse, esclaves du contrôle d'un monde spécieux, nous disons à la Vérité un long adieu : ce monde corrompt l'âme la plus noble.

Joyeux âge où l'âme ose tout faire hardiment, si ce n'est mentir, où la pensée se manifeste avant la parole, et reluit dans l'œil calme et paisible !

Il n'en est plus de même de l'homme arrivé à un âge plus mûr ; dès lors il n'est plus qu'un instrument ; l'intérêt domine nos espérances et nos craintes ; la haine et l'amour sont asservies à des règles.

Enfin nous apprenons à marier nos vices aux vices des insensés qui nous ressemblent ; et c'est à ceux-là, à ceux-là seuls, que nous prostituons le beau nom d'amis.

Telle est la destinée commune à l'humanité : pouvons-nous échapper à la folie universelle ? Pouvons-nous renverser cet ordre général, et ne pas être ce que tous doivent être à leur tour ?

14

Non ; pour moi, dans toutes les phases de la vie, ma destinée a été si sombre, je hais tellement et l'homme et le monde, que peu m'importe le moment où je quitterai la scène.

Mais toi, esprit frêle et léger, tu brilleras quelque temps, et puis tu disparaîtras, comme ces vers qui étincellent dans l'ombre de la nuit, mais n'oseraient affronter l'éclat du jour.

Hélas ! dans ces lieux que fréquente la Folie, où s'assemblent parasites et princes (car sous les lambris des rois les vices sont toujours les bienvenus) ;

On te voit chaque soir ajouter un insecte de plus à la foule bourdonnante ; et ton cœur frivole est charmé de faire chorus avec la Vanité, de courtiser l'Orgueil.

Là tu voltiges de belle en belle, souriant et empressé, comme ces mouches qui, dans un brillant parterre, souillent toutes les fleurs et en goûtent à peine une.

Mais quelle nymphe, dis-moi, fera cas d'une flamme qui, semblable à la lueur vaporeuse qu'un marais exhale, va et vient d'une beauté à l'autre, véritable feu follet de l'amour ?

Quel ami, y fût-il même enclin, osera avouer pour toi un sentiment d'affection ? Qui voudra ravaler son mâle orgueil à une amitié à laquelle le premier sot venu peut prétendre ?

Arrête, pendant qu'il en est temps encore ; ne te montre, plus dans la foule, aussi méprisable ; ne mène plus une existence aussi frivole ; sois quelque chose, tout ce que tu voudras, mais ne sois pas vil.

Vers gravés sur une coupe formée d'un crâne

La Mort ne m'a pas fait sa proie ;
Pourquoi de moi t'effrayer tant ?
Je ne contiens que de la joie :
Quel cerveau peut en dire autant ?

Boire, aimer, ce fut là ma vie.
Mort, voilà qu'on m'a déterré.
Bois : je crains moins ta lèvre amie
Que les vers qui m'ont dévoré.

Dans un festin, coupe écumante,
Mieux vaut régner avec orgueil,
Qu'aller dans ta tombe béante
Nourrir les hôtes du cercueil.

Qu'on puise de l'esprit à table
Dans ce vase où régna le mien !
Puis, quand la cervelle est au diable,
Le vin la remplace fort bien.

Hâte-toi donc ! bois à plein verre !
D'autres, quand tu seras là-bas,
De tes os ravis à la terre
Égaieront aussi leurs repas.

Et pourquoi non ? homme futile,
Nul bien ne sort de ton cerveau :
Qu'après la mort il soit utile ;
C'est encore un sort assez beau.

Abbaye de Newstead, 1808.

Poésies diverses,
composées en 1809 et 1810

Eh bien ! tu es heureuse

Eh bien ! tu es heureuse, et je sens que je devrais l'être aussi ; car ton bonheur est, comme autrefois, l'objet de tous mes vœux.

Ton époux est heureux, – et il y a pour moi de la douleur dans le spectacle de sa félicité ; mais qu'elle passe, cette douleur ! – Oh ! combien mon cœur le haïrait s'il ne t'aimait pas !

La dernière fois que j'ai vu ton enfant chéri, j'ai cru que mon cœur jaloux allait se briser ; mais quand sa bouche innocente m'a souri, je l'ai embrassé en souvenir de sa mère.

Je l'ai embrassé, et j'ai étouffé mes soupirs en voyant en lui les traits paternels ; mais enfin il avait les yeux de sa mère, et ceux-là étaient tout à l'amour et à moi.

Adieu, Marie ! Il faut que je m'éloigne ! Tant que tu seras heureuse je ne me plaindrai pas ; mais je ne puis plus rester auprès de toi : mon cœur ne tarderait pas à être de nouveau à toi.

Je croyais que le temps, je croyais que la fierté avaient enfin éteint ma jeune flamme ; et ce n'est que lorsque je me suis trouvé assis à ton côté que j'ai reconnu que, sauf l'espérance, mon cœur était toujours le même.

Et pourtant j'étais calme : il fut un temps où mon sein eût tressailli devant ton regard ; mais en ce moment c'eût été un crime que de trembler. – Nous nous vîmes, et pas une fibre ne fut agitée en moi.

Je vis tes yeux se fixer sur mon visage ; ils n'y découvrirent aucun trouble ; tu ne pus y apercevoir qu'un seul sentiment, la sombre tranquillité du désespoir.

Partons ! partons ! Ma mémoire ne doit plus évoquer mon jeune rêve. Oh ! donnez-moi les flots fabuleux du Léthé ! Cœur insensé, tais-toi ou brise-toi.

2 novembre 1808.

Vers gravés sur la tombe
d'un chien de Terre-Neuve

Quand un orgueilleux enfant des hommes est rendu à la terre, inconnu à la gloire, mais élevé par sa naissance, l'art du sculpteur s'épuise dans

17

les témoignages d'une pompeuse douleur, et des urnes mensongères nous apprennent quel est celui dont elles contiennent les cendres. Lorsque tout est fini, on lit sur sa tombe, non ce qu'il fut, mais ce qu'il aurait dû être. Quant au pauvre chien, qui fut notre ami le plus fidèle, le premier à nous accueillir par ses caresses, le premier aussi à nous défendre, le chien dont la sincère affection appartient tout entière à son maître, qui travaille, combat, vit et respire pour lui seul, il meurt sans honneur, ses mérites sont oubliés, et on lui refuse dans le ciel l'âme qui sur la terre était son partage ; tandis que l'homme, insecte orgueilleux, espère le pardon, et réclame un ciel exclusivement à lui. Ô homme ! faible créature d'un jour, avili par l'oppression ou corrompu par le pouvoir, vile masse de poussière animée, quiconque te connaît doit te quitter avec dégoût ! Il n'y a dans ton amour qu'impudicité, dans ton amitié qu'imposture ! Ton sourire est hypocrite, tes paroles mentent ! Bas par ta nature, n'ayant de noble que ton nom, il n'est pas d'individu de l'espèce animale devant lequel tu ne doives rougir. Vous qui regardez par hasard cette urne chétive, passez votre chemin ; celui qu'elle honore n'est pas de ceux qui obtiendraient vos regrets ou vos larmes. Ces pierres couvrent les restes d'un ami ; je n'en ai connu qu'un, – et c'est ici qu'il repose.

Abbaye de Newstead, 30 novembre 1808.

À une dame qui me demandait pourquoi je quittais l'Angleterre au printemps

Quand l'homme fut exilé des bocages d'Éden, il s'arrêta un moment avant de franchir le seuil ; tout ce qu'il voyait lui rappelait le souvenir du passé et lui faisait maudire sa future destinée.

Mais, après avoir erré dans de lointains climats, il apprit à porter son fardeau de douleur ; et, tout en donnant parfois un soupir à d'autres jours, il trouva un soulagement dans l'activité de sa nouvelle existence.

Il en sera ainsi de moi, Madame ; et je ne dois plus voir vos charmes ; car tant que je suis près de vous je soupire après tout ce que j'ai connu naguère.

Le plus sage pour moi est de fuir, afin d'échapper aux pièges de la tentation. Je ne puis contempler mon paradis sans désirer y habiter encore

2 décembre 1808.

Ne me fais pas ressouvenir

Ne me fais pas ressouvenir, ressouvenir de ces heures si chères, maintenant évanouies, où mon âme tout entière se donnait à toi ; heures qui

18

ne seront oubliées que lorsque le temps aura énervé nos facultés vitales, et que toi et moi nous aurons cessé d'être.

Puis-je oublier, peux-tu oublier comme ton cœur accélérait ses battements quand ma main se jouait dans l'or de la chevelure ? Oh ! sur mon âme, je le vois encore avec les yeux si languissants, ton sein si beau, et tes lèvres qui malgré leur silence respiraient l'amour !

Ainsi appuyée sur mon sein, tes yeux me lançaient un regard si doux qui tour à tour réprimait à demi et enflammait les désirs ; et nous nous rapprochions plus près, plus près encore, et nos lèvres brûlantes venant à se rencontrer, nous nous sentions mourir dans un baiser.

Et alors ces yeux pensifs se fermaient ; et les paupières, cherchant à se réunir, voilaient leurs globes d'azur, pendant que tes longs cils, projetant leur ombre sur les joues vermeilles, semblaient le plumage d'un corbeau déployé sur la neige.

Je rêvais la nuit dernière que notre amour était revenu. Te le dirai-je ! ce rêve, dans son illusion, était plus doux que si j'eusse brûlé pour d'autres cœurs, pour des yeux qui ne brilleront jamais comme les tiens dans l'enivrante réalité du bonheur.

Ne me parle donc plus, ne me fais plus ressouvenir de ces heures qui, bien que pour jamais disparues, peuvent encore inspirer de doux rêves, jusqu'à, ce que toi et moi nous soyons oubliés, et insensibles comme la pierre funèbre qui dit que nous ne serons plus.

Il fut un temps

Il fut un temps, – qu'ai-je besoin de le nommer ? nous n'en saurions perdre le souvenir ; – il fut un temps où nous sentions de même, comme j'ai continué à sentir pour toi.

Et depuis ce moment où pour la première fois ta bouche confessa un amour égal au mien, quoique bien des douleurs aient déchiré ce cœur, douleurs que le tien a ignorées et n'a pu ressentir.

Aucune, aucune n'a pénétré si avant que la pensée que tout cet amour s'est envolé, fugitif comme tes baisers sans foi, mais fugitif dans ton âme seulement.

Et cependant mon cœur a éprouvé quelque consolation, lorsque naguère encore j'ai entendu la bouche, avec un accent qu'autrefois je croyais sincère, rappeler le souvenir des jours qui ont été.

Oui ! femme adorée et pourtant si cruelle, dusses-tu ne plus m'aimer encore, il m'est doux de voir que le souvenir de cet amour te reste.

19

Oui, c'est pour moi une pensée glorieuse, et mon âme désormais cessera de gémir. Quoi que tu sois maintenant ou que tu puisses être dans l'avenir, tu as été chèrement, uniquement à moi.

Quoi ! tu me pleureras quand je ne serai plus !

Quoi ! tu me pleureras quand je ne serai plus ! ô douce femme, redis-les-moi, ces mots. Toutefois, s'ils te font de la peine, ne les répète pas. Pour rien au monde je ne voudrais t'affliger.

Mon cœur est contristé, mes espérances sont évanouies, mon sang coule froid dans mon sein ; et quand j'aurai cessé de vivre, toi seule viendras gémir au lieu où je reposerai.

Et pourtant il me semble qu'un rayon de paix brille à travers le nuage de ma douleur ; et la pensée que ton cœur a eu compassion du mien suspend un moment mes souffrances.

Oh ! bénie soit cette larme ; elle coule pour quelqu'un qui ne peut pas pleurer ; ces gouttes précieuses sont doublement chères à celui dont les yeux ne peuvent plus en répandre.

Femme adorée, il fut un temps où mon cœur était chaleureux et prompt à s'attendrir comme le tien ; mais la beauté elle-même a cessé de charmer un malheureux fait pour gémir.

Et pourtant tu me pleureras quand je ne serai plus ! Femme chérie, redis-les-moi, ces mots. Toutefois, s'ils te font de la peine, ne les répète pas. Pour rien au monde je ne voudrais t'affliger.

Remplissez de nouveau ma coupe !

CHANSON.

Remplissez de nouveau ma coupe ! Jamais je n'ai senti comme aujourd'hui l'ardeur qui me pénètre jusqu'au fond du cœur. Buvons ! qui ne boirait, puisque, dans le cercle varié de la vie, la coupe de vin est la seule chose de ce monde au fond de laquelle on ne trouve pas de déception ?

J'ai essayé tour à tour de toutes les jouissances de la vie ; je me suis réchauffé aux rayons d'un bel œil noir ; j'ai aimé ! – Qui n'en a fait autant ? – Mais qui peut affirmer que le plaisir existât dans son cœur en même temps que la passion ?

Aux jours de ma jeunesse, alors que le cœur est dans son printemps, et rêve que les affections ne s'envoleront jamais, j'ai eu des amis ! – Qui n'en a pas ? – Mais quelle bouche pourra dire qu'un ami, liqueur vermeille ! est aussi fidèle que toi ?

Le cœur d'une maîtresse, un enfant peut vous l'enlever ; l'amitié disparaît comme un rayon de soleil. Toi, tu ne peux changer ; tu vieillis. – Qui ne vieillit pas ? – Mais quel est l'être ici-bas dont le mérite, comme le tien, s'accroît avec l'âge ?

Quand l'amour épuise sur nous ses faveurs, qu'un rival s'incline devant notre idole terrestre, nous sommes jaloux. – Qui ne l'est pas ? – Tu n'as point cet alliage ; plus nous sommes à te savourer, plus grande est notre jouissance.

Quand nous avons passé la saison de la jeunesse et de ses vanités, c'est à la coupe enfin que nous avons recours. Là nous trouvons, – n'est-il pas vrai ? – dans la joie de notre âme, que, comme au temps jadis, la vérité n'est que dans le vin.

Quand la boite de Pandore fut ouverte sur la terre, et que commença le triomphe de la douleur sur la gaieté, il nous resta l'espérance, c'est vrai. Mais nous, nous baisons notre coupe ; et que fait l'espérance à ceux qui ont l'assurance du bonheur ?

Longue vie à la grappe ! car, quand l'été aura fui, notre vieux nectar réjouira nos cœurs. Nous mourrons ! – Qui ne meurt pas ? – Que nos péchés nous soient pardonnés, et dans le ciel, Hébé ne sera pas oisive.

Stances à une dame, en quittant l'Angleterre

C'en est fait ! au souffle des vents le navire déroule sa blanche voile, et sur son mât penché la fraîche brise emplit l'air de ses sifflements ; et moi, il faut que je quitte ce rivage, parce que je ne puis aimer que toi.

Mais si je pouvais être ce que j'ai été, si je pouvais voir ce que j'ai vu, si je pouvais reposer ma tête sur le sein qui une fois a couronné mes vœux les plus ardents, je n'irais pas chercher une autre zone ; car moi je ne puis aimer que toi.

Il y a longtemps que je n'ai vu ces yeux qui faisaient ma joie ou mon malheur ; et c'est en vain que j'ai essayé de n'y plus penser ; j'ai beau fuir la terre d'Albion, je ne puis aimer que toi.

Comme la tourterelle solitaire qui a perdu l'objet de ses amours, la désolation est dans mon cœur ; je regarde autour de moi, et nulle part ma vue ne rencontre un sourire affectueux, un visage ami ! Au milieu même de la foule je suis seul, parce que je ne puis aimer que toi.

Et je franchirai les flots écumeux, et j'irai demander une patrie à l'étranger ; jusqu'à ce que j'aie oublié une beauté sans foi, nulle part je ne trouverai le repos ! Jusque-là je ne puis secouer le joug de mes sombres pensées ; je suis condamné à aimer, et à n'aimer que toi.

L'être le plus chétif et le plus malheureux trouve pourtant un foyer hospitalier où la douce amitié, et l'amour, plus doux encore, viennent sourire à sa joie ou sympathiser à sa douleur ; mais d'ami ou de maîtresse, je n'en ai point, car je ne puis aimer que toi.

Je pars ; mais dans quelque lieu que je fuie, nul ne s'attendrira sur moi, nul cœur ami où je trouve la plus petite place ; et toi-même, toi qui as flétri toutes mes espérances, tu ne me donneras pas un soupir, bien que je ne puisse aimer que toi.

Penser aux jours qui ne sont plus, à ce que nous sommes, à ce que nous avons été, c'en serait assez pour accabler des cœurs plus faibles ; mais le mien a résisté au choc ; pourtant il bat comme il battait naguère, et ne saurait aimer que toi.

Quel est l'objet d'un si tendre amour ? c'est ce que des yeux vulgaires ne sauraient deviner. Quelle cause est venue briser ce jeune amour ? tu le sais mieux que personne, et moi je le sens de même ; mais il en est peu sous le soleil qui aient aimé aussi longtemps que moi, et je n'ai jamais aimé que toi.

J'ai essayé des fers d'une autre femme, dont la beauté peut-être égalait la tienne ; je me suis efforcé de l'aimer autant, mais je ne sais quel charme insurmontable empêchait mon cœur saignant encore de parler d'amour à d'autre qu'à loi.

Il me serait doux de jeter encore sur toi un long regard et de te bénir dans mon dernier adieu ; mais je ne veux pas que tes yeux versent des pleurs pour moi pendant que j'errerai sur les flots. Patrie, espérance, jeunesse, j'ai tout perdu ! pourtant j'aime encore et n'aime que toi.

1809.

Le Paquebot de Lisbonne

VERS À M. HODGSON, COMPOSÉS À BORD PENDANT LA TRAVERSÉE.

Vivat, Hodgson, vivat ! nous partons : notre embargo est à la fin levé : un vent favorable enfle nos voiles. Déjà le signal est donné. Entendez-vous le canon d'adieu ? Les clameurs des femmes, les jurements des matelots, tout nous dit que voilà le moment du départ. Un manant vient de la part de la douane nous visiter : les malles sont ouvertes, les caisses brisées ; pas un trou de souris qui ne soit fouillé, au milieu du brouhaha, avant que nous mettions à la voile à bord du paquebot de Lisbonne.

Nos bateliers détachent leurs amarres, toutes les mains ont saisi la rame ; on descend du quai les bagages. Impatients, nous nous éloignons du rivage. « Prenez garde ! cette caisse contient des liqueurs ! – Arrêtez le bateau ! – Je me trouve mal ! – Ô mon Dieu ! – Vous vous trouvez mal, Madame ? Par ma foi, ce sera bien pis quand vous aurez été une heure à bord ! » Ainsi vocifèrent tous ensemble, hommes, femmes, dames, messieurs, valets, matelots ; tous s'agitent, confondus pêle-mêle et entassés comme des harengs. Tel est le bruit et le tintamarre qui règnent avant que nous arrivions à bord du paquebot de Lisbonne.

Nous y voici maintenant ! voyez ! Le brave Kidd est notre capitaine : c'est lui qui commande l'équipage ; les passagers se blottissent dans leur lit, les uns pour grogner, les autres pour vomir. « Comment, diable, vous appelez cela une cabine ? Mais c'est à peine si elle a trois pieds carrés : on n'y fourrerait pas la reine des nains. Qui diable peut vivre là-dedans ? – Qui, Monsieur ? bien des gens. J'ai eu à bord de mon vaisseau jusqu'à vingt nobles à la fois. – Vraiment ? Comme vous nous entassez les uns sur les autres ! Plût à Dieu que vos nobles fussent encore ici ! j'aurais évité la chaleur et le vacarme de votre excellent navire, le paquebot de Lisbonne. »

– Fletcher ! Murray ! Robert ! où êtes-vous ? Vous voilà étendus sur le pont comme des souches ! – Donnez-moi la main, joyeux matelot ! Voilà le bout d'un câble, corbleu ! Hobhouse articule d'effroyables jurements en tombant dans les écoutilles ; il vomit à la fois son déjeuner et ses vers, et nous envoie à tous les diables. « Voilà une stance sur Bragance. Donnez-moi… – Un couplet ? – Non, une tasse d'eau chaude. – Que diable avez-vous donc ? – Diantre ! je vais rendre mes poumons ; je ne survivrai pas au tintamarre de ce brutal paquebot de Lisbonne. »

Enfin, nous voilà en route pour la Turquie ! Dieu sait quand nous reviendrons ! Un mauvais vent, une tempête nébuleuse, peuvent nous envoyer au fond de l'eau ; mais comme la vie n'est tout au plus qu'une mauvaise plaisanterie, ainsi que les philosophes en conviennent, ce qu'il y a de mieux à faire, c'est de rire. Riez donc comme je fais maintenant. Malade ou bien portant, en mer ou à terre, riez de toutes choses, petites ou grandes ; boire et rire, qui diable en demanderait davantage ? Donnez-nous de bon vin ! on n'en saurait manquer, même à bord du paquebot de Lisbonne.

En rade de Falmouth, 30 juin 1809.

Vers écrits sur un album à Malte

De même que, sur la froide pierre d'un tombeau, un nom arrête les yeux du passant, ainsi, quand tu verras cette page solitaire, puisse le mien attirer ton regard et ta pensée !

Et lorsque, par la suite, tu viendras à lire ce nom, pense à moi comme on pense aux morts, et dis-toi que mon cœur est là inhumé.

14 septembre 1809.

À Florence

Dame charmante, quand je quittai la rive, la rive lointaine qui m'a donné naissance, je ne soupçonnais pas qu'un jour viendrait où je pleurerais encore en quittant un autre rivage.

Et pourtant, ici, dans cette île stérile où s'affaisse la nature haletante, où tu es la seule qu'on voie sourire, c'est avec effroi que j'envisage mon départ.

Quoique loin des rives escarpées d'Albion, bien qu'il y ait entre nous le bleuâtre Océan, encore quelques saisons écoulées, et peut-être je reverrai ses rochers.

Mais en quelque lieu que me porte ma course vagabonde, soit que j'erre sous les climats brûlants, que je parcoure les mers ou que le temps me rende un jour à ma patrie, mes yeux ne se fixeront plus sur toi,

Sur toi qui réunis tous les charmes capables d'émouvoir les cœurs les plus indifférents, qu'on ne peut voir sans admirer et, – pardonne-moi ce mot, – sans aimer.

Pardonne ce mot à celui qui ne pourra plus t'offenser désormais en le prononçant ! et, puisque je ne dois pas prétendre à posséder ton cœur, crois-moi, c'est que je suis en effet ton ami.

Et quel est le froid mortel qui, après t'avoir vue, ô belle voyageuse ! ne sentirait pas comme je sens, et ne serait pas pour toi ce que tout homme doit être, l'ami de la beauté malheureuse ?

Et qui jamais pourrait croire que cette tête charmante a traversé tant de périls, a bravé les tempêtes aux ailes homicides, et échappé à la vengeance d'un tyran ?

Belle dame, quand je verrai les murs où s'élevait autrefois la libre Byzance, et où maintenant Stamboul étale ses palais orientaux, siège de la tyrannie musulmane,

Quelque place immense qu'occupe cette glorieuse cité dans les annales de la renommée, elle aura à mes yeux un titre plus cher, comme étant le lieu de la naissance ;

Et, malgré l'adieu que je te dis maintenant, quand mes yeux verront ce spectacle merveilleux, il me sera doux, ne pouvant vivre où tu es, de vivre où tu as été.

Septembre 1809.

24

Stances composées pendant un orage

Au milieu des montagnes du Pinde, le vent de la nuit est humide et glacé, et la nue irritée fait pleuvoir sur nos têtes la vengeance du ciel.

Nos guides sont partis : nul espoir ne nous reste, et d'éblouissants éclairs nous font voir les rochers qui interceptent notre marche, ou dorent l'écume du torrent.

N'est-ce pas une cabane que je viens d'apercevoir à la lueur de la foudre ? – Oh ! que cet abri nous viendrait à propos ! – Mais non, ce n'est qu'un tombeau turc !

À travers le bruit de la cascade écumante, j'entends une voix qui crie : c'est la voix de mon compatriote fatigué, qui fait retentir le nom de la lointaine Angleterre.

Un coup de fusil !… Vient-il d'un ennemi ou d'un ami ? – Encore un !… C'est pour avertir le paysan des montagnes de descendre et de nous conduire dans sa demeure.

Oh ! qui oserait, par une nuit semblable, s'aventurer dans le désert, au milieu des mugissements du tonnerre ? Qui pourrait entendre notre signal de détresse ?

Et quel est celui qui, entendant nos cris, voudra se lever pour tenter une marche périlleuse ? Ne croira-t-il pas, en prêtant l'oreille à ces clameurs nocturnes, que ce sont des brigands en campagne ?

Les nuages crèvent : le ciel est sillonné de flammes. Ô moment terrible ! l'orage accroît sa violence, et pourtant, ici, une pensée a le pouvoir d'échauffer encore mon sein.

Pendant que j'erre ainsi à travers les rochers et les bois, pendant que les éléments épuisent sur moi leur fureur, chère Florence, où es-tu ?

Tu n'es pas sur les flots : ton navire est depuis longtemps parti. Oh ! que l'orage, dont les torrents m'inondent, ne courbe d'autre tête que la mienne !

Oh ! oui, maintenant tu es sauvée : tu as atteint depuis longtemps les rivages d'Espagne. Quelle douleur si une beauté telle que toi était condamnée à errer sur l'Océan !

Le rapide sirocco soufflait fortement la dernière fois que j'ai pressé tes lèvres, et, depuis ce jour, il soulève autour de ton charmant vaisseau les vagues écumeuses !

Et, tandis que ton souvenir m'est présent au milieu du péril et des ténèbres, comme dans ces heures de plaisir dont la musique et la gaieté hâtaient la fuite,

Peut-être que toi-même, dans les blanches murailles de Cadix, si toutefois Cadix est libre encore, à travers tes jalousies, tu regardes la mer bleuâtre ;

Et alors ta pensée se reportant vers ces îles de Calypso qu'un doux passé t'a rendues chères, aux autres tu donnes mille sourires, et à moi un soupir seulement.

Et pendant que le cercle de tes admirateurs observe la pâleur de ton visage, une larme à demi formée, un fugitif éclair de grâce mélancolique,

Toi, tu souris de nouveau ; tu te dérobes en rougissant aux railleries d'un fat, et tu n'oses avouer que tu as pensé une seule fois à celui qui ne cesse de penser à toi !

Quoique sourires et soupirs ne puissent rien pour deux cœurs séparés et qui gémissent, pourtant, à travers monts et mers, mon âme en pleurs cherche à rejoindre la tienne.

Stances écrites en traversant le golfe d'Ambracie

Du haut d'un ciel sans nuage, la lune verse sa lumière argentée sur la côté d'Actium. Sur ces flots, l'ancien monde fut gagné et perdu pour une reine égyptienne.

Et maintenant mes regards se promènent sur ces ondes d'azur où tant de Romains ont trouvé un tombeau, où l'Ambition farouche abandonna un jour sa couronne vacillante pour suivre une femme.

Florence, pour qui mon amour, tant que tu seras belle et que je serai jeune, égalera tout ce qu'on a pu dire ou chanter depuis que la lyre d'Orphée arracha Eurydice aux enfers ;

Douce Florence, c'était un heureux temps que celui où l'on jouait un monde contre deux beaux yeux ? Si les poètes avaient à leur disposition des mondes au lieu de rimes, tes charmes pourraient susciter de nouveaux Antoines.

Quoique le destin en ordonne autrement, néanmoins, j'en jure par les yeux et les boucles de ta chevelure, si je ne puis perdre un monde pour toi, je ne voudrais pas te perdre pour un monde.

14 *novembre* 1809.

L'Enchantement est rompu
ÉCRIT À ATHÈNES.

L'enchantement est rompu ! le charme est envolé ! Il en est ainsi de la fièvre de la vie : nous sourions comme des insensés quand nous devrions gémir ; le délire est notre meilleure décevance.

26

Chaque intervalle lucide de la pensée ramène les maux attachés à notre nature, et quiconque agit en sage vit comme sont morts les saints, en martyr.

16 janvier 1810.

Vers écrits après avoir nagé de Sestos à Abydos

Si Léandre, intrépide amant
(Quelle fille n'en a mémoire ?),
En décembre eut jadis la gloire
De franchir ce gouffre écumant ;

Si cette mer, quand sur son onde
Il fit ce trajet hasardeux,
Comme aujourd'hui roulait profonde,
Vénus, que je les plains tous deux !

Moi, quand mai rouvre sa corbeille,
Nageur faible et moins aguerri,
J'étends mon corps endolori,
Et je crois avoir fait merveille.

Par un doux prix encouragé,
Un baiser, si j'en crois l'histoire,
L'attendait. Nous avons nagé,
Lui pour l'amour, moi pour la gloire.

Victime de son dévouement,
Comme moi de mon incartade,
Il se noya : je suis malade.
C'était bien la peine, vraiment !

9 mai 1810.

Vierge d'Athènes, je te quitte

Vierge d'Athènes, je te quitte :
Rends-moi mon cœur, rends-le-moi vite,
Ou, si tu l'as pris sans retour,
Prends le reste aussi, mon amour.
En s'éloignant, mon cœur te crie :
Je t'aime, je t'aime, ô ma vie

27

Par cette chevelure d'ange
Que caresse un vent amoureux,
Par ces cils dont la noire frange
Baise ta joue ; et par ces yeux.
Beaux dans leur sauvage énergie,
Je t'aime, je t'aime, ô ma vie !

Par ces lèvres que je convoite,
Par cette taille svelte et droite,
Par ces fleurs qui disent tout bas
Ce que des mots ne diraient pas ;
Par l'amour sacré qui nous lie,
Je t'aime, je t'aime, ô ma vie !

Je te quitte, vierge d'Athènes !
Seule, en ton cœur, ah ! pense à moi !
Dans Istamboul portant tes chaînes,
Le mien restera près de toi.
Cesser d'aimer ! non, douce amie !
Je t'aime, je t'aime, ô ma vie !

Athènes, 1810.

Poésies diverses, composées de 1811 à 1815

Vers écrits sous un portrait

Cher objet d'une tendresse déçue ! quoique veuf aujourd'hui de l'amour et de toi, pour me réconcilier avec le désespoir il me reste ton image et mes larmes.

On dit que le temps peut lutter contre la douleur ; mais je sens que cela ne saurait être vrai, car le coup de mort porté à mes espérances a rendu ma mémoire immortelle.

Athènes, janvier 1814.

Vers destinés à tenir lieu d'épitaphe

Lecteur bénévole ! ris ou pleure, comme il te plaira ; ci-gît Harold. – Mais où est donc son épitaphe ? – Si c'est cela que tu cherches, va à Westminster : là tu en verras mille qui peuvent s'appliquer à lui tout aussi bien qu'à toi.

Vers écrits dans l'album des voyageurs à Orchomène

Dans cet album un voyageur avait mis les vers suivants :

Voyant partir ton fils, tu souris, Albion !
De la gloire et des arts il va voir le rivage.
Il est noble, il est grand, le but de son voyage ;
Arrivé dans Athène, il y trace son nom.

Au-dessous de ce quatrain lord Byron écrivit celui-ci :

Barde modeste, ainsi qu'on en compte tant d'autres,
Tu nous caches ton nom en rimant sur les nôtres.
Tu crois être prudent ; c'est encore un travers,
Et ton nom, quel qu'il soit, vaudrait mieux que tes vers.

Le Départ

Jeune fille, le baiser que ta bouche a déposé sur la mienne y restera jusqu'à ce que de plus heureux jours me permettent de le rendre à tes lèvres, pur, inaltéré.

Le tendre regard que tu me donnes pour adieu, peut lire dans mes yeux un amour égal au tien ; les pleurs qui mouillent la paupière, ce n'est point mon inconstance qui les fait couler.

Je ne te demande pas un gage que, loin de tous les regards, je puisse contempler avec bonheur ; un souvenir de toi n'est pas nécessaire à un cœur dont toutes les pensées t'appartiennent.

Je n'aurai pas besoin d'écrire ; – pour exprimer ce que je sens, que ma plume serait faible ! Que pourraient d'inutiles paroles, à moins que le cœur ne pût parler ?

La nuit, le jour, dans la prospérité ou l'infortune, ce cœur, désormais enchaîné, gardera l'amour qu'il lui est interdit de laisser paraître ; et soupirera pour toi en silence.

Mars 1814.

Adieu à Malte

Adieu, plaisirs de La Valette ! Adieu, sirocco, soleil, transpiration ! Adieu, palais dont j'ai rarement franchi le seuil ! Adieu, maisons où j'ai eu le courage de pénétrer ! Adieu, rues en façon d'escalier qu'on ne gravit qu'en jurant ! Adieu, négociants aux fréquentes faillites ! Adieu, canaille toujours prête à railler ! Adieu, paquebots, – qui ne m'apportez point de lettres ! Adieu, imbéciles, – qui singez vos maîtres ! Adieu, quarantaine maudite qui m'as donné la fièvre et le spleen ! Adieu, théâtre où l'on bâille ! Adieu, danseurs de son excellence ! Adieu, Pierre, – qui, sans qu'il y eût de la faute, ne pus jamais parvenir à apprendre à valser à un colonel ! Adieu, femmes pétries de grâces ! Adieu, habits ronges et faces plus rouges encore ! Adieu, l'air important de tout ce qui porte l'uniforme ! Je pars, – Dieu sait quand et pourquoi ; je vais voir des villes enfumées, des ceux nuageux, des choses (à dire vrai) tout aussi laides, – mais d'une laideur différente.

Adieu à tout cela ; mais non à vous, fils triomphants de la plaine azurée ! Que l'un et l'autre rivage de l'Adriatique, les capitaines morts, les flottes anéanties, la nuit avec ses bals et ses sourires, le jour avec ses dîners, vous proclament vainqueurs en amour comme en guerre ! Pardonnez au babillage de ma muse, et prenez mes vers, – je les donne gratis.

Venons-en maintenant à mistriss Fraser. Vous croyez sans doute que je vais la louer ; et effectivement, si j'avais la vanité de croire que mon éloge

30

vaut l'encre qui est dans ma plume, un vers – ou deux – ne serait pas chose bien difficile, d'autant plus qu'ici la flatterie n'est pas du tout nécessaire. Mais il faut qu'elle se contente de briller dans des éloges préférables aux miens, avec son air enjoué, son cœur sincère, l'aisance du bon ton sans son art factice ; ses jours peuvent couler gaiement sans l'aide de mes rimes insignifiantes.

Et maintenant, ô Malte ! petite serre-chaude militaire, puisque tu nous possèdes, je ne te dirai rien d'impoli, je ne t'enverrai pas à tous les diables ; mais, mettant la tête hors de ma casemate, je demanderai à quoi bon un semblable lieu ? Puis, rentrant dans mon trou solitaire, je recommence à griffonner, ou j'ouvre un livre, ou bien je profite du moment pour prendre ma médecine (deux cuillerées par heure, selon l'ordonnance). Je préfère mon bonnet de nuit à mon castor, et remercie les dieux – de ce que j'ai la fièvre.

26 mars 1814.

À Dives

FRAGMENT.

Infortuné DIVES ! dans un moment fatal, tu le rendis coupable et méconnus la voix de la Nature ! Naguère favori de la Fortune, elle t'accable maintenant de ses rigueurs ; le courroux des hommes a déchaîné ses flots sur ta tête orgueilleuse. Le premier en talent, en génie, en richesse, comme il se leva brillant ton beau matin ! Mais une soif de crime, et de crime sans nom, s'empara de toi, et voilà que le soir de la vie doit finir dans le mépris et dans la solitude forcée, ce pire de tous les supplices !

1811.

Sur la dernière bouffonnerie de Thomas Moore, qualifiée par lui d'opéra

Les bonnes pièces sont rares, c'est pourquoi Moore écrit des parades : la gloire du poète devient caduque. – Nous savions que *Petit* (little) était Moore ; c'est maintenant Moore qui est *petit*.

14 septembre 1811.

Épître à un ami en réponse à des vers dans lesquels on exhortait l'auteur à être gai et à bannir « le noir chagrin »

« Bannis le noir chagrin, » que ce soit là la devise de *tes* joyeux ébats ! et peut-être aussi la mienne dans ces nuits bachiques, au sein de ces délicieuses orgies par lesquelles les enfants du désespoir bercent le cœur attristé et « bannissent le chagrin ! » Mais à l'heure du matin, quand la réflexion arrive, quand le présent, le passé, l'avenir s'assombrissent, alors que tout ce que j'ai aimé est changé ou n'est plus, oh ! alors ne viens point offrir cette amère ironie comme un remède aux maux de celui dont toutes les pensées... – Mais laissons là cette matière. – Tu sais que je ne suis pas ce que j'étais. Mais avant tout, si tu veux occuper une place dans un cœur qui ne fut jamais froid, par tout ce que les hommes révèrent, par tout ce qui est cher à ton âme, par tes joies ici-bas, tes espérances là-haut, parle-moi, parle-moi de toute autre chose que d'amour !

Il serait trop long de raconter, il est inutile d'entendre l'histoire d'un homme qui dédaigne les larmes ; et il y a peu de choses dans cette histoire auxquelles pussent compatir des cœurs meilleurs. Mais le mien a souffert plus que la patience d'un philosophe ne pourrait le peindre. J'ai vu ma fiancée devenir la fiancée d'un autre ; – je l'ai vue assise à son côté ; – j'ai vu l'enfant qu'elle lui avait donné sourire comme souriait sa mère aux jours de notre riante jeunesse, alors que nous nous aimions, purs comme son enfant ; – j'ai vu ses yeux me demander avec un froid dédain si j'éprouvais quelque peine secrète ; et j'ai su jouer mon rôle, et mon visage a démenti mon cœur ; je lui ai rendu son regard glacial, et cependant je me sentais l'esclave de *cette* femme ; – j'ai embrassé, comme sans dessein, cet enfant, qui eût dû être le mien, et les caresses que je lui prodiguais faisaient voir que le temps n'avait rien changé à mon amour.

Mais n'en parlons plus. – Je ne veux plus gémir. – Je ne fuirai plus vers les rivages de l'Orient ; le monde convient à un cerveau préoccupé : je veux de nouveau me réfugier dans ses domaines. Mais si quelque jour, quand sera fané le printemps de l'Angleterre, tu entends parler d'un homme dont les sombres forfaits rivalisent avec les plus hideux de l'époque, d'un homme sur qui ne peuvent rien la pitié ni l'amour, ni l'espoir de la gloire, ni les louanges des gens de bien ; qui, dans l'orgueil de sa farouche ambition, ne reculera pas peut-être devant le sang ; d'un homme que l'histoire rangera un jour parmi les plus redoutables anarchistes du siècle, – *reconnais* alors cet homme, et voyant l'*effet*, n'oublie pas la cause.

Abbaye de Newstead, 11 octobre 1814.

À Thyrza

Sans une pierre qui indique le lieu de ta sépulture et dise ce que la vérité pourrait dire sans rougir, oubliée peut-être de tous, excepté de moi ! ah ! où ont-ils déposé ta cendre ?

Séparé de toi par les mers et de nombreux rivages, je t'ai aimée en vain ; mon passé, mon avenir, se reportaient vers toi, et tendaient à nous réunir... – Non, – jamais ! jamais !

Si cela avait pu être, – une parole, un regard qui m'auraient dit : « Nous nous quittons amis, » auraient fait supporter à mon âme avec moins de douleur le départ de la tienne.

Et puisque la Mort te préparait une agonie douce et sans souffrances, n'as-tu pas désiré la présence de celui que tu ne verras plus, qui te portait et te porte encore dans son cœur ?

Oh ! qui mieux que lui eût veillé près de toi, et observé douloureusement ton œil fixe ou terne dans ce moment terrible qui précède la mort, alors que la tristesse étouffe ses gémissements,

Jusqu'à ce que tout soit fini ? Mais du moment où tu aurais été affranchie des maux de ce monde, les larmes de ma tendresse, se faisant un passage, eussent coulé en abondance – comme elles font maintenant.

Comment ne couleraient-elles pas, quand je me rappelle combien de fois, avant mon absence passagère, dans ces tours aujourd'hui désertes pour moi, nous avons confondu nos pleurs affectueux !

À nous alors le regard aperçu de nous seuls, le sourire que nul autre que nous ne comprenait, le langage à demi-voix de deux cœurs d'intelligence, l'étreinte de nos mains frémissantes ;

Le baiser si innocent, si pur, que l'amour réprimait tout désir plus brûlant ; – tes yeux annonçaient une âme si chaste, que la passion elle-même eût rougi d'en demander davantage ; –

Cet accent qui me rappelait à la joie, quand, différent, de toi, je me sentais disposé à la tristesse ; ces chants que ta voix rendait célestes, mais qui dans toute autre bouche me sont indifférents !

Le gage d'amour que nous portions, – je le porte encore ; mais où est le tien ? – Ah ! où es-tu ? Le malheur a souvent pesé sur moi, mais c'est la première fois que je ploie sous le faix.

33

Tu as bien fait de partir au printemps de ta vie, me laissant vider seul la coupe des douleurs. Si le repos n'est que dans la tombe, je ne désire pas te revoir sur la terre.

Mais si dans un monde meilleur tes vertus ont cherché un séjour plus digne d'elles, fais-moi part d'une portion de la félicité, pour m'arracher à mes angoisses ici-bas.

Apprends-moi (cette leçon, devais-je si tôt la recevoir de toi ?), apprends-moi à me résigner, soit que je pardonne, soit que je sois pardonné : si pur était pour moi ton amour sur la terre, que je me prends à espérer de le retrouver dans le ciel.

11 octobre 1811.

Stances

LOIN DE MOI, LOIN DE MOI.

Loin de moi, loin de moi ces accents qui m'affligent ! Ces sons naguère pour moi pleins de charmes, qu'ils cessent, ou je fuis de ces lieux ; car je n'ose plus les entendre !

Ils me rappellent des jours plus beaux ; mais faites taire celle harmonie, car maintenant, hélas ! je ne puis ni ne dois arrêter ma pensée ou mes regards sur ce que je suis, sur ce que je fus.

La voix qui rendait si doux ces accords est éteinte et leur charme est envolé ; et à présent leurs sons les plus suaves me semblent un chant de deuil entonné pour les morts. Oui, Thyrza ! oui, ils me parlent de toi, cendre adorée, puisque tu n'es plus que cendre ; et tout ce qu'ils avaient autrefois d'harmonie est discordant à mon cœur.

Les sons se taisent ! – mais à mon oreille la vibration résonne encore ; j'entends une voix que je ne voudrais pas entendre, une voix qui devrait bien être muette ; mais souvent elle vient faire tressaillir mon âme incertaine ; cette douce mélodie me suit jusque dans mon sommeil. Je m'éveille et je l'entends encore, bien que mon rêve soit dissipé.

Douce Thyrza ! dans ma veille, comme dans mon sommeil, tu n'es plus maintenant qu'un rêve enchanteur ; une étoile qui, après avoir réfléchi sur les flots sa tremblante lumière, a dérobé à la terre son gracieux rayon. Mais le voyageur engagé dans le sombre sentier de la vie, alors que le ciel en courroux a voilé sa face, regrettera longtemps le rayon évanoui qui égayait sa marche.

6 décembre 1811.

Stances

ENCORE UN EFFORT.

Encore un effort, et je suis délivré des tourments qui déchirent mon cœur ; encore un dernier et long soupir à l'amour et à toi, puis je retourne au tourbillon de la vie. Je trouve maintenant du plaisir à me mêler à une société autrefois sans charme pour moi : si j'ai vu ici-bas s'envoler toutes mes joies, quels chagrins peuvent m'affecter désormais ?

Apportez-moi donc du vin, servez le banquet ; l'homme ne fut pas créé pour vivre seul. Soyons l'être léger, frivole, qui sourit avec tout le monde et ne pleure avec personne. Il n'en était pas ainsi dans des jours plus chers, il n'en eût jamais été ainsi ; mais tu as pris ton vol loin de moi, et tu m'as laissé ici-bas solitaire ; tu n'es plus rien, – tout est néant pour moi.

Mais c'est vainement que ma lyre affecte un ton léger ; le sourire que la douleur veut feindre fait un ironique contraste avec les chagrins qu'il recouvre, comme des roses sur un sépulcre. En vain de joyeux compagnons de table, la coupe à la main, écartent un moment le sentiment de mes maux ; en vain le plaisir allumera démence de l'âme : le cœur, – le cœur est toujours solitaire !

Combien de fois, dans le silence délicieux des nuits, je me suis plu à contempler l'azur du ciel ! Il me semblait que la lumière céleste brillait si doucement sur ton front pensif ! Souvent à l'heure de minuit, voguant sur les flots de la mer Égée, j'ai dit à l'astre de Cynthie : « En ce moment Thyrza te regarde. » – Hélas ! il n'éclairait que sa tombe !

Enchaîné par la fièvre sur un lit sans sommeil, alors qu'un feu brûlant coulait dans mes veines, « ce qui me console, » me disais-je, « c'est que Thyrza ignore que je souffre. » De même que pour l'esclave usé par les ans la liberté est un don inutile, c'est en vain que la nature compatissante m'a rappelé à la vie, puisque Thyrza a cessé de vivre !

Gage que j'ai reçu de Thyrza dans des jours meilleurs, à l'aurore de ma vie et de mon amour, combien tu es changé à mes yeux ! comme le temps t'a coloré des teintes de la douleur ! Le cœur qui s'est donné avec toi est silencieux. – Ah ! que n'en est-il de même du mien ! Bien qu'aussi froid que peuvent l'être les morts, le sentiment lui reste, et sa torpeur n'exclut pas la souffrance.

Don amer et mélancolique, gage douloureux et cher, conserve, conserve mon amour inaltérable, ou brise ce cœur contre lequel je le presse ! les années tempèrent l'amour, elles ne l'éteignent pas ; il a quelque chose de

35

plus saint encore quand l'Espérance s'est envolée ! Oh ! que sont des milliers d'affections vivantes, comparées à celle qui ne peut se détacher des morts !

Euthanasia

Quand le temps, tôt ou tard, amènera ce sommeil sans rêve qui berce les habitants de la tombe, Oubli ! puisses-tu balancer doucement tes ailes languissantes sur mon lit de mort !

Point d'amis ou d'héritiers qui pleurent ou appellent mon dernier soupir ! point de femme, les cheveux épars, qui éprouve ou simule une douleur récente !

Mais que je descende silencieux dans la tombe, sans être accompagné d'un deuil officieux : je ne veux pas interrompre un seul instant de joie, ni causer un seul mouvement d'inquiétude à l'amitié.

L'amour seul, si toutefois l'amour dans un pareil moment pouvait noblement étouffer d'inutiles soupirs, pourrait une dernière fois signaler sa puissance dans celle qui survit et dans celui qui meurt.

Il me serait doux, ma Psyché, de contempler jusqu'au dernier instant tes traits toujours sereins : oubliant alors ses convulsions passées, la douleur elle-même pourrait te sourire.

Mais ce vœu est inutile ; le cœur de la beauté se resserre à mesure que s'approche notre dernier souffle ; et les larmes que la femme répand à volonté, nous trompent dans la vie et nous énervent au moment de la mort.

Que solitaire soit donc mon heure suprême, sans un regret, sans un gémissement ! pour des milliers d'hommes la mort a été douce, la douleur passagère ou nulle.

Oui, mais mourir, et aller, hélas ! où tous sont allés, où tous iront un jour ! redevenir le rien que j'étais avant de naître à la vie et à la douleur vivante !

Comptez les heures de joie que vous avez connues, comptez les jours que vous avez passés sans souffrir, et sachez, quoi que vous ayez été, qu'il vaut encore mieux ne pas être.

Stances

ET TU N'ES PLUS.

« Heu ! quantò minus est cum reliquis versari, quàm tuî meminisse ! »

Et tu n'es plus, toi jeune et belle comme mortelle ne le fut jamais, avec des formes si suaves, des charmes si rares, trop tôt rendus à la terre ! Bien que la terre les ait reçus dans son sein, et que la foule peut-être marche insouciante et joyeuse sur le gazon qui te recouvre, il est quelqu'un dont les regards ne pourraient se fixer un seul instant sur cette tombe.

Je ne demanderai pas où tu reposes, je ne regarderai pas la place ; qu'il y croisse des fleurs ou des herbes parasites, pourvu que je ne les voie pas. C'est assez pour moi de savoir que ce que j'ai aimé, que ce que je devais aimer longtemps encore, pourrit comme l'argile la plus commune ; je n'ai pas besoin qu'une pierre me dise que l'objet de tant d'amour n'était rien.

Et pourtant, jusqu'à la fin ma tendresse fut aussi fervente que la tienne, toi que le passé n'a point vue changer, et qui ne peux plus changer maintenant. Quand la Mort a mis son sceau à l'amour, l'âge ne peut le refroidir, un rival l'enlever, l'imposture le désavouer ; et ce qui serait plus cruel encore, tu ne peux plus voir en moi de torts, de défauts ou d'inconstance.

Les beaux, jours de la vie ont été à nous ; les jours mauvais demeurent mon partage. Le soleil qui vivifie, l'orage qui gronde, tout cela n'est plus rien pour toi. Le silence de ce sommeil sans rêve, je l'envie trop pour le déplorer ; et je ne me plaindrai pas que la mort ait ravi tout d'un coup ces charmes dont peut-être mes regards eussent suivi le lent dépérissement.

La fleur dont l'incarnat est le plus brillant a le plus court destin ; si elle n'est point détachée de sa tige dans l'éclat de sa beauté, ses feuilles tombent une à une ; et c'est un spectacle moins douloureux de la voir cueillir aujourd'hui que de la regarder demain se flétrir et s'effeuiller lentement. Nul œil mortel ne peut suivre sans déplaisir le passage de la beauté à la laideur.

Je ne sais si j'aurais pu supporter la vue du déclin de tes charmes ; la nuit eût été plus sombre qui eût suivi une telle aurore. Mais le jour s'est passé sans un nuage, et tu fus belle jusqu'à la fin ; tu t'es éteinte, et non flétrie, comme ces étoiles qu'on voit se détacher des cieux, et qui ne sont jamais plus brillantes que dans leur chute.

Si je pouvais pleurer comme je pleurais autrefois, mes larmes couleraient en pensant que je n'étais pas à ton chevet pour te veiller à tes derniers moments, pour contempler (avec quelle tendresse !) tes traits si doux, pour te serrer affectueusement dans mes bras, pour soutenir ta tête mourante, pour te témoigner, bien qu'inutilement, cet amour que ni toi ni moi ne devons plus éprouver.

Bien que tu m'aies laissé libre, aux objets les plus doux que la terre possède encore combien je préfère ton souvenir ! Tout ce qui de toi ne peut mourir au sein de l'éternité terrible et sombre, tout cela revient à moi ; et rien, rien n'égale l'amour que, morte, je te voue, si ce n'est celui dont je t'entourais vivante.

Février 1812.

Stances

SI PARFOIS.

Si parfois, au milieu du monde, ton image s'efface de mon cœur, je retrouve dans la solitude ton ombre adorée : c'est à cette heure de tristesse et de silence que j'évoque ton souvenir, et que ma douleur peut exhaler en secret la plainte qu'elle dérobe à tous les regards.

Oh ! pardonne si pour un moment j'accorde à la foule une pensée qui t'appartient tout entière ; si, tout en me condamnant moi-même, je semble sourire et parais infidèle à ta mémoire ! Ne crois pas qu'elle me soit moins chère, parce que je fais semblant de gémir moins ; je ne voudrais pas que les sols entendissent un seul des soupirs qui ne sont adressés qu'à toi.

Si je vide la coupe du festin, ce n'est pas pour bannir mes chagrins ; elle doit contenir un breuvage plus redoutable, la coupe destinée à verser au désespoir le bienfait de l'oubli. Et si l'onde du Léthé pouvait affranchir mon âme de toutes ses visions orageuses, je briserais contre terre la coupe la plus délicieuse qui t'enlèverait une seule de mes pensées.

Car, si tu étais bannie de ma pensée, qui pourrait remplir le vide de mon cœur ? Et qui resterait ici-bas pour honorer ton urne abandonnée ? Non, non, ma douleur se fait gloire de remplir ce cher et dernier devoir ; dût le reste des hommes t'oublier, il est juste que je garde ton souvenir.

Car je sais que tu en aurais fait autant pour celui que nul maintenant ne pleurera lorsqu'il quittera cette scène mortelle, où il n'était aimé que de toi seule. Hélas ! je sens que c'était là un bienfait qui ne m'était point destiné ; tu ressemblais trop à une vision céleste pour qu'un terrestre amour pût le mériter.

14 mars 1812.

Sur un cœur en cornaline brisé par accident

Cœur malheureux ! se peut-il que tu te sois ainsi brisé ! Tant d'années de sollicitude pour ton maître et pour toi ont-elles donc été employées en vain ?

Mais chacun de tes fragments me semble précieux, et la moindre parcelle m'est chère ; car celui qui te porte sait que tu es un fidèle emblème de son propre cœur.

16 mars 1812.

À une dame qui avait été vue pleurant

Pleure, fille des rois ! pleure la honte d'un père et la décadence d'un royaume ! heureux si chacune de tes larmes pouvait effacer une faute de l'auteur de tes jours !

Pleure, – car les larmes sont celles de la vertu ; elles feront du bien à ces îles souffrantes ; puisse chacun de tes pleurs être payé un jour par un sourire du peuple !

Mars 1812.

La Chaîne que je te donnai
IMITÉ DU TURC.

La chaîne que je te donnai était belle ; le luth que j'y joignis avait des sons harmonieux ; le cœur qui offrit l'un et l'autre était sincère, et ne méritait pas le sort qu'il a éprouvé.

À ces dons un charme secret était attaché pour me faire deviner ta fidélité en mon absence ; et ils ont bien rempli leur devoir : – hélas ! ils n'ont pu t'apprendre le tien.

La chaîne était formée d'anneaux solides, mais qui ne devaient pas résister au contact d'une main étrangère ; le luth devait être mélodieux, jusqu'au moment où tu le croirais tel aux mains d'un autre.

Que celui qui a détaché de ton cou cette chaîne tombée en morceaux sous sa main, qui a vu ce luth lui refuser ses sons, que celui-là remonte les cordes et réunisse les anneaux.

Quand tu changeas ils changèrent aussi ; la chaîne est brisée, le luth est muet. Tout est fini. – Adieu à eux et à toi, – adieu au cœur faux, à la chaîne fragile, au luth silencieux.

Vers écrits sur un feuillet
blanc du poème de Rogers

« LES PLAISIRS DE LA MÉMOIRE. »

Absent ou présent, mon ami, un charme magique s'attache à toi ; c'est ce que peuvent certifier tous ceux qui, comme moi, jouissent tour à tour de ta conversation et de la lecture de tes chants.

Mais quand viendra l'heure redoutée, toujours trop tôt venue pour l'amitié ; quand la MÉMOIRE, pensive sur la tombe de son poète, pleurera la perte de ce qu'il y a de mortel en toi,

Avec quel amour elle reconnaîtra l'hommage offert par toi sur ses autels, et dans les siècles à venir unira pour jamais *son* nom au *tien* !

Adresse prononcée à l'ouverture du théâtre
de Drury-Lane, le samedi 10 octobre 1812

Dans une nuit terrible, notre cité vit en soupirant réduire en poussière ce palais que le drame était fier d'habiter ; une heure suffit pour livrer l'édifice aux flammes, détrôner Apollon et mettre fin au règne de Shakespeare.

Vous avez contemplé dans l'admiration et le deuil ce spectacle, dont l'éclat semblait parer ces ruines d'une insultante auréole ; ces nuages de feu s'élevant du sein des décombres, et, pareils à la colonne lumineuse d'Israël, chassant la nuit de la voûte des cieux ; ces tourbillons de flamme reflétant leur ombre rougeâtre dans la Tamise épouvantée, pendant que des milliers de spectateurs, amoncelés autour de l'édifice embrasé, reculaient pâles d'effroi et tremblaient pour leurs propres foyers, en voyant l'incendie dérouter ses flammes, et le ciel horriblement sillonné par des éclairs aussi terribles que les siens, jusqu'au moment où des cendres noircies et quelques murs solitaires annoncèrent la défaite de la Muse et prirent possession de son empire écroulé. Dites, ce nouvel édifice, qui aspire à la gloire du premier, élevé au même lieu où s'élevait le plus majestueux théâtre de notre île, lui accorderez-vous vos suffrages comme à son prédécesseur ? ce temple de Shakespeare sera-t-il digne de lui et de vous ?

Oui, – il le sera ; – la magie de ce nom brave la faux du Temps et la torche enflammée ; c'est lui qui veut que la scène reparaisse dans ce lieu consacré, et que le drame soit où il a été : la création de cet édifice atteste la puissance du charme. – Pardonnez à notre honnête orgueil, et joignez-y votre approbation !

Puisque ce théâtre s'élève pour rivaliser avec celui qu'il remplace, puisse le passé être pour nous un garant de l'avenir ! Un destin propice à nos prières peut nous envoyer des noms tels que ceux qui ont fait la gloire de l'édifice détruit. C'est à Drury que notre Siddons fit éclater pour la première fois cette puissance d'émouvoir qui enivrait les cœurs tendres, et touchait les plus insensibles. À Drury, Garrick vit croître ses derniers lauriers ; ici, Roscius, prêt à rentrer dans la retraite, fit couler vos dernières larmes, soupira ses derniers remerciements, et pleura son dernier adieu ; mais, pour des génies vivants peuvent fleurir ces couronnes qui n'exhalent maintenant leurs parfums que sur des tombeaux. Ces hommes, Drury les a réclamés et les réclame encore. – Ne lui refusez pas vos suffrages qui réveilleront sa muse endormie ; préparez des couronnes pour en orner la tête de votre Ménandre, et ne réservez pas aux seuls morts d'inutiles hommages.

Ils sont chers à notre souvenir ces jours qui ont rendu nos annales brillantes, avant que Carrick nous eût quittés, ou que Brinsley eût cessé d'écrire. Héritiers de leurs travaux, nous sommes vains de nos ancêtres comme le sont des fils de haut lignage. Pendant que la Mémoire emprunte le miroir de Banquo pour signaler à leur passage les ombres couronnées, et que nous tenons la glace fidèle où viennent se réfléchir les noms immortels qui brillent sur notre écusson, arrêtez-vous ; avant de condamner leurs faibles rejetons, songez combien il est difficile de rivaliser avec eux !

Amis de la scène, dont l'indulgence et les éloges sont humblement sollicités par les acteurs et les pièces, dont la voix et le regard condamnant ou absolvent en dernier ressort, si la frivolité a conduit à la gloire, si nous avons rougi de vous voir suspendre votre blâme, si le théâtre, dans sa décadence, s'est ravalé jusqu'à flatter le mauvais goût qu'il ne pouvait corriger, que les travaux actuels effacent les reproches du passé, et que le Blâme, levant la voix avec sagesse, se taise avec justice ! Puisque dans le drame votre volonté fait loi, abstenez-vous de nous donner des applaudissements ironiques et déplacés ; une noble fierté doublera les facultés de l'acteur, et notre voix sera l'écho de celle de la raison.

Après ce respectueux prologue, conforme à l'antique usage, après cet hommage du Drame, présenté par l'organe de son héraut, recevez aussi nos compliments de bien venue ; ils partent de nos cœurs, et voudraient nous concilier les vôtres. Le rideau se lève. – Puissions-nous offrir à vos regards des scènes dignes des beaux jours de Drury ! avec des Bretons pour tribunal, la nature pour guide, puissions-nous longtemps plaire, – et vous, rester longtemps nos juges.

Adresse parenthétique ;
par le docteur Plagiary

(Cette adresse, qui doit être à moitié dissimulée, sera prononcée d'une manière inarticulée et avec force révérences par M. P. à la prochaine ouverture d'un nouveau théâtre. Les passages dissimulés sont indiqués par des guillemets).

« Pendant que les hommes poursuivent d'énergisants objets, » alors Dieu sait ce qui est écrit par Dieu sait qui. « Vous écoutez ici un modeste monologue, » que le théâtre a repoussé l'autre jour à coups de sifflet, comme si ses vers « somnifères » eussent été écrits par sir Fretful, et que son fils eût été chargé de la répétition de cette œuvre de rebut ! « Néanmoins vous ne seriez pas surpris de la chose » si vous saviez le tapage qu'à fait l'auteur ; « ici même vous ne pourriez vous empêcher de sourire » si vous connaissiez ces vers, dont les meilleurs sont détestables. « Feu ! flamme ! » (paroles empruntées à Lucrèce) métaphores effrayantes qui rouvrent les blessures et réveillent les douleurs endormies – et – mais en voilà assez. » (Le ciel me confonde si je sais ce que je dois dire ensuite.) « L'espérance renaît et déploie ses ailes, » et M. G. récite ce que chante le docteur Busby ! – « Si les petits objets aux plus grands se comparent » (traduit de Virgile, dans l'intérêt des dames), « le génie dramatique précipite son char victorieux, » lui qui a brûlé ce pauvre Moscou comme un tonneau « de goudron. » « Ce génie, Wellington l'a fait voir en Espagne » pour fournir à Drury des sujets de mélodrames ; « un autre Marlborough nous montre un nouveau Blenheim ; » George et moi, nous en ferons un drame, si vous voulez.

« Notre île s'est illustrée dans les arts et dans les sciences » (cette profonde découverte m'appartient exclusivement). « Ô poésie britannique ! dont la puissance inspire » mes vers – ou je suis un imbécile, – et la Gloire une menteuse, « nous t'invoquons, nous implorons les arts, les frères, » avec les « sourires, » les « lyres, » les « pinceaux, » et bien d'autres choses encore. « Puissions-nous aussi nous concilier les « Grâces ; » (les disgrâces non plus ne nous feront pas faute !) « troupe inséparable ! » « trois sœurs qui ont emprunté à Cupidon leur charme ensorceleur » (vous comprenez tout ce que je veux dire, à moins d'être des buses), « groupe harmonieux, » que j'ai gardé *in petto* pour le produire maintenant dans un « divin sestetto ! » « Pendant que la Poésie, » à l'aide de ces délicieuses princesses, « joue son rôle » dans toutes les loges « supérieures, » « ainsi exaltés, vous prendrez votre essor » dans le vaste ballon de la poésie de Busby. « Vous nagerez dans le burlesque, les mascarades, les décorations et le drame. » (George, pour ce vers, a eu un jour de congé.) « Jamais, jamais le vieux Drury ne s'est élevé si haut ; » c'est ce que dit le régisseur, et j'en dis autant. « Mais, arrêtez, dites-vous, cessez vos complaisantes fanfaronnades ; » est-ce là le poème qu'a perdu le public ? « C'est juste – c'est juste, cela rabat immédiatement notre ambitieux orgueil ; » oui, mais les journaux impriment ce que vous tournez en ridicule. « C'est à nous de fixer sur vous nos regards, – le prix est dans vos mains, » il est de *vingt guinées*, d'après le programme ! « Vos récompenses confèrent un double bienfait – » ; aussi, je voudrais les obtenir, et de grand cœur. « Un double sentiment est produit en nous par une double cause, » c'est-à-dire que mon fils et moi nous réclamons tous deux vos applaudissements. « Que vos rayons réparateurs nous fassent vivre ; » ma prochaine liste de souscription dira combien vous aurez donné.

Octobre 1812.

Vers trouvés dans un pavillon d'été, à Hales-Owen

Quand le Fou de Dryden « allait sans savoir où, » et sifflait en marchant « à défaut de pensée, » cet inoffensif idiot compensait amplement par son innocence l'absence de la raison. Si nos modernes CYMONS employaient comme lui leurs loisirs, les infamies qui souillent ces vertes allées ne feraient pas rougir et n'offenseraient pas les regards. Il est cruel, le destin de nos modernes idiots ; le vice et la folie les ont marqués à la fois. Semblables à des reptiles, malfaisants sur de blanches murailles, la bave immonde qu'ils laissent après eux atteste leur passage.

Au temps

Ô Temps, dont l'aile capricieuse emporte les heures changeantes d'un vol lent ou rapide ; qui, suivant les pas tardifs de notre hiver ou la fuite agile de notre printemps, nous traînes péniblement, ou nous conduis avec célérité vers la mort,

Je te salue ! toi qui me prodiguas à ma naissance ces dons connus de tous ceux qui te connaissent ; cependant ton poids me semble moins pesant maintenant que je suis seul à le porter.

Je ne voudrais pas qu'un cœur aimant prît sa part des jours amers que tu m'as donnés ; et je te pardonne, puisque tu as permis que le repos ou le ciel fût le partage de tout ce que j'ai aimé.

Pourvu qu'ils reposent en paix ou soient heureux, tes rigueurs à venir m'assiégeront en vain ; je ne te dois que des années, et c'est une dette que j'ai déjà, acquittée en douleurs.

Et même ces douleurs n'ont pas été sans compensation ; je sentais la puissance, et pourtant je t'oubliais : l'activité de la souffrance retarde le cours des heures, mais elle ne les compte pas.

Le bonheur m'a vu soupirer en pensant que ta fuite ne tarderait pas à se ralentir ; tu pouvais jeter un nuage sur ma joie, mais tu ne pouvais ajouter une ombre à ma douleur.

Car alors, toute lugubre et sombre qu'était ton atmosphère, mon âme y était acclimatée ; une seule étoile scintillait à mes regards, et je voyais à sa lueur que tu n'étais pas – l'Éternité.

Ce rayon a disparu, et maintenant tu es pour moi comme non avenu, un rôle dont on maudit les insipides détails, que tout le monde regrette d'avoir, et que tout le monde répète.

Il est dans ce drame une scène que tu ne peux point gâter, alors que, n'ayant plus souci de ta fuite ou de ta lenteur, sur d'autres que sur nous gronde l'orage qu'un sommeil profond ne nous permet plus d'entendre.

Et je me prends à sourire en pensant combien vains seront les efforts, quand tous les coups de ta vengeance devront tomber sur – sur une pierre sans nom.

Stances

TU N'ES POINT PERFIDE.

Tu n'es point perfide, mais tu es légère avec ceux que tu as si tendrement aimés ; les larmes que tu as forcées de couler, cette pensée les rend doublement amères ; c'est là ce qui brise le cœur que tu affliges : tu aimes trop bien, tu quittes trop tôt.

Le cœur méprise la femme déloyale ; on oublie la perfide et sa perfidie ; mais celle qui ne dissimule aucune de ses pensées, dont l'amour est aussi vrai qu'il est doux, quand elle devient inconstante, celle qui aimait si sincèrement, le cœur éprouve alors ce que le mien vient d'éprouver.

Rêver de joie et s'éveiller à la douleur, c'est le soit de tout ce qui vit ou aime ; et si le matin nous en voulons à notre imagination de nous avoir déçus, même en rêve, pour laisser notre âme plus triste après le réveil ;

Que doivent-ils donc sentir, ceux qu'échauffa, non une illusion mensongère, mais la plus vraie, la plus tendre des passions ? Tant de sincérité ! puis un changement si prompt et si douloureux ! Est-ce donc un songe qui m'avait charmé ? Ah ! sans doute ma douleur est, l'œuvre de l'imagination, et j'ai rêvé ton inconstance.

À une dame qui demandait à l'auteur quelle était « L'origine de l'amour »

« L'origine de l'amour ! » – Pourquoi me faire cette question cruelle, quand tu peux lire dans tous les yeux qu'il prend naissance dès qu'on te voit ? Et si tu veux connaître sa *fin*, mon cœur me dit, mes craintes prévoient qu'il languira longtemps dans le silence et la douleur, et ne cessera de vivre – que lorsque j'aurai cessé d'être.

Stances

RAPPELLE-TOI CELUI.

Rappelle-toi celui que la passion mit à une épreuve redoutable, et qui n'y a point succombé ; rappelle-toi cette heure périlleuse où nul de nous n'a failli, quoique tous deux fussent aimés.

Ce sein palpitant, cet œil humide, ne m'invitaient que trop à être heureux ; ta douce prière, ton soupir suppliant, condamnèrent ce désir insensé et le réprimèrent.

Oh ! laisse-moi sentir tout ce que j'ai perdu en le préservant de tout ce que la conscience redoute ; laisse-moi rougir de ce qu'il m'en a coûté pour épargner à ta vie d'inutiles remords !

Ne l'oublie pas quand la langue de la Médisance chuchotera contre moi son blâme, voudra nuire au cœur qui t'aime, et noircir un nom à moitié flétri par elle ;

N'oublie pas que, quelle qu'ait pu être ma conduite avec d'autres, tu m'as vu réprimer toute pensée égoïste : maintenant encore, je bénis la pureté de ton âme, maintenant, dans la solitude de la nuit.

Ô Dieu ! que ne nous sommes-nous rencontrés plus tôt, tous deux avec le même amour au cœur, toi avec une main plus libre, quand tu aurais pu aimer sans crime, et moi être moins indigne de toi !

Puisse, comme auparavant, ta vie s'écouler loin du monde et de son éclat trompeur ; et, ce moment trop amer une fois passé, puisse cette épreuve être pour toi la dernière !

Mon cœur, hélas ! trop longtemps perverti, perdu lui-même au sein du monde, te perdrait peut-être ; en te revoyant dans la foule brillante, un espoir présomptueux pourrait l'égarer.

À ceux qui me ressemblent, et dont le malheur ou la félicité insensés n'importent à personne, abandonne ce monde, et quitte un théâtre où ceux qui sentent sont condamnés à succomber.

Ta jeunesse, tes charmes, ta tendresse, ton âme restée pure dans la retraite, par ce qui s'est passé même ici peuvent deviner ce que là-bas ton cœur aurait à souffrir.

Oh ! pardonne-moi les larmes suppliantes qu'arracha ma démence à tes yeux adorés, et que la Vertu n'a pas répandues en vain ! Tes pleurs, désormais je ne les ferai plus couler.

Quoiqu'une longue douleur s'attache pour moi à la pensée que nous ne devons peut-être plus nous revoir, ce cruel arrêt, je le mérite, et je trouve presque que ma sentence est douce.

Mais si je t'avais moins aimée, mon cœur t'aurait fait moins de sacrifices ; en te quittant, il n'a pas éprouvé la moitié de ce qu'il eût ressenti si, par sa faute, le crime t'eût donnée à moi.

Sur les poésies de lord Thurlow

Quand Thurlow fit paraître ces abominables stupidités (j'espère que je ne suis pas violent), ni les dieux ni les hommes ne surent où il en voulait venir ;

Et depuis, les éloges de notre Rogers lui-même ne purent élever ses pensées au niveau du sens commun. – Pourquoi lui ont-ils laissé imprimer ses poèmes ?

[…]

Ô divin Apollon ! accorde-moi le premier et le second chant d'Hermilda : – j'ai à faire un nouveau portemanteau ;

Pour le garnir d'une manière décente, j'emprunte mes poésies et celles des autres : ayez donc la bonté, aimable Thurlow, de me jeter les vôtres.

À lord Thurlow

Ma branche de laurier, de bon cœur je la donne,
Ô divin Apollon pour former ta couronne ;
Que chacun de la sienne apporte le tribut.

Vers de lord Thurlow adressés à M. Rogers.

« Ma branche de laurier, de bon cœur je la donne. »
Tu donnes ta branche de laurier ! Est-elle à toi, pour la donner ? et en supposant qu'elle t'appartienne légitimement, qui en a le besoin le plus pressant, de Rogers ou de toi ? Garde pour toi ta branche flétrie, ou renvoie-la au docteur Donne. Si l'on vous rendait à tous deux une impartiale justice, il lui reviendrait une bien petite quantité de lauriers, et à toi, point du tout.

« Ô divin Apollon ! pour former ta couronne. »

Une couronne ! Parbleu, tresse-la comme tu voudras, tu n'en feras que le chapeau de la Folie. La première fois qu'il t'arrivera de visiter la ville de Delphes, enquiers-toi auprès de tes camarades de voyage ; ils te diront que plusieurs années avant que tu fusses né, Phébus avait donné sa couronne à Rogers.

« Que chacun de la sienne apporte le tribut. »

Quand on enverra, comme choses rares, du charbon de terre à Newcastle et des hiboux à Athènes ; quand le régent et sa femme seront divorcés ; quand Liverpool pleurera ses sottises ; quand les tories et les wighs cesseront de se chamailler ; quand l'épouse de Castlereagh lui donnera un héritier, Rogers nous demandera des lauriers, et tu en auras assez pour lui en donner.

À Thomas Moore, la veille d'une visite à M. Leigh-Hunt, dans la prison de Coldbath-Fields, le 19 mai 1813

Ô vous qui avez fait du bruit par la ville, sous je ne sais combien de noms, Anacréon, Tom-Little, Tom-Moore ou Tom-Brown ; car, qu'on me pende si je sais de quoi vous devez être le plus fier, de vos lourds in-quarto ou de votre *Boîte aux Lettres*…

Mais revenons à ma lettre, – elle est en réponse à la vôtre. – Trouvez-vous demain avec moi, d'aussi bonne heure que possible, tout habillé et tout prêt à nous rendre ensemble à la prison d'un homme d'esprit. – Priez Phébus que nos espiègleries politiques ne nous procurent pas un logement dans le même palais ! Il est probable que ce soir vous êtes occupé, et que vous avez quitté Samuel Rogers pour les Bas Bleus de Sotheby ; quant à moi, quoique enrhumé à mourir, il faut que je m'habille et que j'aille chez Heathcote ; mais demain, à quatre heures, vous et moi nous jouerons la *Scurra* ; vous serez Catulle, et le régent Mamurra.

Impromptu en réponse à un ami

Quand la douleur, qui a son siège dans mon cœur, projette plus haut son ombre mélancolique, ondoie sur les traits changeants de mon visage, obscurcit mon front et remplit mes yeux de larmes, que cette tristesse ne t'inquiète pas ; elle s'affaissera bientôt d'elle-même : mes pensées connaissent trop bien leur prison ; après une excursion passagère, elles reprennent le chemin de mon cœur et rentrent dans leur cellule silencieuse.

Septembre 1814.

Sonnet à Genevra

L'azur de tes yeux si doux, ta longue chevelure blonde, ton front pensif et pâle où respire la douce sérénité de la Douleur dont le temps a charmé le désespoir, ont empreint la personne et les traits d'une tristesse si éloquente, que, – si je ne savais que ton cœur fortuné ne contient que des pensées pures et sans alliage, – je te croirais en proie à de terrestres chagrins. Telle du pinceau du Guide, de ce pinceau inspiré par le génie de la Beauté, naquit un jour la Madeleine ; – telle tu nous apparais ; mais combien tu lui es supérieure ! car toi tu n'as pas besoin du repentir ; en toi le remords n'a rien à expier, la vertu, rien à reprendre.

17 septembre 1815.

Sonnet à la même

La rêverie et non le chagrin a donné à ta joue cette pâleur pensive ; telle qu'elle est, elle est si belle, que si l'incarnat de la joie venait en colorer les lis, cet éclat trop vif, mon cœur le verrait avec peine : ils n'éblouissent pas, tes yeux d'azur, – mais, hélas ! des yeux moins tendres ne peuvent les contempler sans larmes ; et moi-même, je sens les miens s'emplir de ces pleurs puisés à la mamelle d'une mère, doux comme les dernières gouttes qui accompagnent l'arc céleste d'iris. Car à travers tes longs cils noirs brille une mélancolie charmante, comme un Séraphin qui descendrait du ciel, et qui, au-dessus de toutes les douleurs, aurait pitié de toutes les infortunes ; en voyant tant de douceur unie à tant de majesté, je sens que je t'adore davantage sans pouvoir t'aimer moins.

17 décembre 1815.

48

Poésies domestiques

L'Adieu

Ils s'aimaient dans leurs jeunes ans ;
Mais, las ! la calomnie a des poisons cuisants ;
La constance est au ciel ; la vie est épineuse,
La jeunesse présomptueuse ;
Puis le courroux contre un objet aimé
Jette dans l'âme un délire enflammé.
[...]
Mais jamais plus ils ne trouvèrent
De quoi remplir le vide en leurs cœurs déchirés,
Et, comme deux rochers qu'un choc a séparés,
Isolés tous deux demeurèrent.
Entre eux un abîme a grandi ;
Mais ce qui fut laisse une trace
Qui demeure et que rien n'efface,
Ni les frimas du nord, ni les feux du midi.

COLERIDGE, Christabel.

I.

Adieu ! et quand ce devrait être pour toujours, eh bien ! pour toujours adieu ! Quoique tu sois inexorable, jamais mon cœur ne se révoltera contre toi.

II.

Que ne peux-tu lire dans ce cœur, où si souvent reposa ta tête, alors que descendait sur toi ce sommeil paisible que tu ne connaîtras plus désormais !

III.

Que ne peut ce cœur dévoiler à tes regards ses plus intimes pensées ! Tu avouerais alors que ce n'était pas bien de le dédaigner ainsi.

IV.

Dût le monde t'approuver en cela, – dût-il sourire aux coups que tu me portes, c'est une offense pour toi que des louanges fondées sur les douleurs d'autrui.

V.

Bien des défauts, sans doute, ont vicié ma nature ; mais, pour m'infliger une blessure incurable, ne pouvait-on choisir un autre bras que celui qui naguère me pressait d'une douce étreinte ?

VI.

Cependant ne t'abuse pas : l'amour peut s'affaisser par un lent déclin ; mais ne crois pas qu'on puisse, par un brusque effort, arracher ainsi deux cœurs l'un à l'autre.

VII.

La vie anime encore le tien ; – le mien, quoique saignant, est condamné à battre encore, torturé par cette éternelle pensée que nous pouvons ne plus nous revoir.

VIII.

Il y a plus de douleur dans ces paroles que dans les larmes versées sur les morts. Tous deux nous vivrons, mais chaque aurore nous réveillera sur une couche veuve.

IX.

Et quand tu chercheras des consolations, quand les premiers accents s'échapperont de la bouche de notre enfant, lui apprendras-tu à dire « Mon père ! » alors que les soins d'un père lui sont interdits ?

X.

Quand ses petites mains te presseront, quand ses lèvres toucheront les tiennes, pense à celui dont la prière te bénira ; pense à celui dont ton amour eût fait le bonheur.

XI.

Si ses traits ressemblent à celui que tu ne dois peut-être plus revoir, alors tu sentiras doucement trembler ton cœur, et ses battements seront pour moi.

XII.

Tu connais peut-être tous mes torts : nul ne peut connaître tout mon délire. Quoique flétries, toutes mes espérances t'accompagnent.

XIII.

Tous mes sentiments ont été ébranlés : ma fierté, que le monde entier n'eut pu faire plier, plie devant toi. – Il n'est pas jusqu'à mon âme qui, abandonnée par toi, ne m'abandonne.

XIV.

Mais c'en est fait, – toutes les paroles sont inutiles ; – de ma part, elles sont plus vaines encore ; mais nous ne pouvons brider la pensée : elle se fait jour malgré nous.

XV.

Adieu ! – Ainsi séparé de toi, ayant vu briser mes liens les plus chers, brûlé au cœur, solitaire, flétri, je ne puis mourir davantage.

Esquisse

Honnête – honnête Jago, si tu es le diable, je ne puis te tuer.

SHAKESPEARE.

Née au grenier, élevée à la cuisine, ensuite promue en grade et appelée à orner la tête de sa maîtresse ; puis – pour je ne sais quel service qu'on ne nomme pas, et qu'on ne peut deviner qu'au salaire, – élevée de la toilette à la table de ses maîtres, où s'émerveillent de la servir des gens qui valent mieux qu'elle ; d'un œil impassible, d'un front qui ne sait pas rougir, elle dîne dans l'assiette qu'autrefois elle lavait ; ayant toujours un conte à ses ordres et un mensonge sur les lèvres, – confidente de droit, espion universel, et – qui pourrait, grands dieux ! deviner son autre emploi ? – gouvernante d'un enfant unique ! Elle enseigna à lire à l'enfant, et l'enseigna si bien, que, par la même occasion, elle apprit elle-même à épeler. Elle fit ensuite de grands progrès dans l'écriture, comme l'atteste mainte calomnie anonyme fort proprement écrite. Ce que ses artifices eussent fini par faire de son élève, Dieu le sait ! – Mais heureusement qu'une âme haute sauva le cœur, cette âme dont la droiture ne pouvait être égarée, et qui cherchait, haletante, la vérité qu'elle ne pouvait entendre. La perversité fut déjouée dans ses calculs par cette jeune âme ; elle ne se laissa pas hébéter par la flatterie, – aveugler par la bassesse, – infecter par le mensonge, – souiller par la contagion, – énerver par la faiblesse, – gâter par l'exemple. – Maîtresse de la science, elle ne fut point tentée de regarder en pitié des talents plus humbles, elle que le génie a laissée modeste, – que la beauté n'a point rendue vaine, – que l'envie n'a pu porter à infliger douleur pour douleur, – que la fortune n'a pu changer, – ni l'orgueil exalter, – ni la passion courber, ni la vertu armer d'austérité – jusqu'à ce jour. Dans sa noble sérénité, la plus pure de son sexe, il ne lui manque qu'une douce faiblesse : – celle de pardonner. Trop vivement irritée contre des fautes que son âme ne peut jamais connaître, elle croit que tout le monde ici-bas doit lui ressembler ; ennemie de tous les vices, on ne peut dire qu'elle soit l'amie de la vertu, car la vertu pardonne à ceux qu'elle voudrait corriger.

Mais revenons à mon sujet : – j'ai quitté trop longtemps le funeste refrain de ce chant véridique. – Quoique toutes-ses fonctions antérieures aient cessé, elle gouverne maintenant le cercle qu'elle servait naguère. Si les mères, – on ne sait pourquoi, – tremblent devant elle ; si les filles la redoutent dans l'intérêt de leurs mères ; si d'anciennes habitudes, – ces faux liens qui enchaînent parfois les esprits les plus élevés aux esprits les plus bas, – si tout cela lui a conféré le pouvoir d'infiltrer trop profondément

51

l'essence mortelle de ses ressentiments ; si, comme un serpent, elle se glisse dans votre demeure jusqu'à ce que la noire bave qu'elle laisse après elle dévoile sa marche rampante ; si, comme une vipère, elle s'enlace à votre cœur, et y laisse un venin qu'elle n'y a pas trouvé, pourquoi s'étonner que cette sorcière haineuse, toujours aux aguets pour nuire, travaille à faire un pandémonium du lieu qu'elle habite, et à régner, nouvelle Hécate d'un enfer domestique ? Elle est habile à faire ressortir les teintes de la calomnie avec tout le bienveillant mensonge des demi-mots, en mêlant le vrai au faux, – l'ironie au sourire, – un fil de candeur à une trame d'imposture ; elle a un air de brusquerie et de franchise affectée pour cacher les projets de son âme dure, de son cœur glacé ; des lèvres qui mentent, – un visage formé pour la dissimulation, d'où le sentiment est exilé, et où est peinte la moquerie pour tous ceux qui sentent. Joignez à cela un masque que désavouerait la Gorgone, une peau de parchemin – et des yeux de pierre. Voyez comme les canaux de son sang jaunâtre montent jusqu'à sa joue pour s'y épaissir en boue stagnante, encaissés dans un lit semblable à la cuirasse jaune du centipède ou à la verte écaille du scorpion – (car nous ne pouvons trouver que dans les reptiles des couleurs qui conviennent à cette âme ou à ce visage). – Voyez ses traits : c'est un miroir fidèle où son âme se reflète. Ce portrait n'est pas chargé : – pas un coup de pinceau auquel on ne puisse ajouter encore. Ainsi la fit la nature, ou plutôt ses manœuvres, qui ont créé ce monstre après que leur maîtresse eut abandonné la partie ; – constellation femelle, canicule de ce petit ciel où tout, sous son influence, se flétrit ou meurt.

Ô misérable ! qui n'as point de larmes, – point de pensée, si ce n'est de joie sur la ruine que tu as consommée, un temps viendra, qui n'est pas loin, où tu ressentiras plus de souffrances que tu n'en infliges maintenant, où tu t'apitoieras en vain sur ton égoïste individu et hurleras de douleur sans que personne te plaigne. Puisse l'énergique malédiction des affections brisées retomber sur ton cœur, et la foudre que tu allumas te consumer toi-même ! puisse la lèpre de ton âme te rendre aussi infecte pour toi-même que tu l'es pour le genre humain, jusqu'à ce que ton égoïsme se tourne en haine noire, – telle que ta volonté la créerait pour autrui ; jusqu'à ce que ton cœur dur se calcine et devienne cendre, que ton âme se vautre dans sa hideuse enveloppe ! Oh ! puisse ta tombe être sans sommeil comme le lit, – la couche veuve et brûlante que tu as dressée pour nous. Alors, quand tu voudras fatiguer le ciel de tes prières, regarde tes victimes terrestres, – et désespère, désespère, jusque dans la mort ! – Et lorsque tu pourriras, ton argile empoisonnée fera périr les vers. Sans l'amour que j'ai porté et que je dois porter encore à celle dont ta perversité voudrait briser tous les liens, – ton nom, – ton nom parmi les hommes – serait attaché par moi au poteau de la honte, et, t'exaltant au-dessus de tes pareilles, moins abhorrées que toi, je t'enverrais pourrir dans une infamie éternelle.

29 mars 1816.

Stances à Augusta

QUAND TOUT ÉTAIT LUGUBRE ET SOMBRE.

I.

Quand tout était lugubre et sombre autour de moi, que la raison voilait à demi sa lueur, – que l'espérance laissait percer à peine une étincelle mourante qui ne faisait que m'égarer davantage dans ma route solitaire ;

II.

Dans cette nuit profonde de l'esprit, dans cette lutte intérieure de l'âme, alors que, craignant d'être accusés d'un excès de bienveillance, les faibles désespèrent, – les cœurs froids s'éloignent ;

III.

Quand ma fortune changea, – que l'amour s'envola, et que la haine décocha contre moi tous ses traits, tu fus l'étoile solitaire qui continua jusqu'à la fin à briller pour moi.

IV.

Oh ! bénie soit ta constante lumière qui veilla sur moi comme eût fait le regard d'un séraphin, et, s'interposant entre moi et la nuit, ne cessa de luire doucement sur ma tête !

V.

Et quand vint le nuage qui tenta de voiler tes rayons, – doux astre, tu redoublas l'éclat de la pure flamme et chassas bien loin les ténèbres !

VI.

Que ton génie continue à planer sur le mien, et lui apprenne ce qu'il doit braver et ce qu'il lui faut souffrir. Il y a plus de puissance dans une seule de tes douces paroles que dans le blâme du monde entier, ce blâme que j'affronte.

VII.

Tu fus pour moi comme un arbre chéri que les vents courbent sans le briser, et qui, avec une affectueuse fidélité, balance son feuillage sur un tombeau.

VIII.

Les autans peuvent mugir, – les creux épancher leurs torrents, là on t'a vu, – là on te verra encore, inébranlable au milieu de l'orage, répandre sur moi tes feuilles pleurantes.

IX.

Mais toi et les tiens vous ne vous flétrirez pas, quel que soit le destin qui me tombe en partage : car le ciel récompensera par un beau soleil ceux qui furent bienveillants, – et toi plus qu'eux tous.

X.

Qu'ils se brisent donc, les liens de l'amour déçu ! – les liens ne se briseront jamais ; ton cœur peut sentir, – mais il ne peut changer ; ton âme, quoique douce, ne saurait être ébranlée.

XI.

Quand tout se détachait de moi, tu restas et tu es encore la même ; et, après toutes les épreuves que mon cœur a subies, la terre n'est pas un désert, même pour moi.

Stances à Augusta

EN VAIN IL S'EST COUCHÉ
LE SOLEIL DE MON SORT.

I.

En vain il s'est couché le soleil de mon sort, en vain l'étoile de ma destinée a pâli, ton cœur indulgent refusa de voir les torts que tant d'autres découvraient en moi. Tu connaissais ma douleur, et pourtant tu n'hésitas pas à la partager ; et l'amour que peignit mon âme, je ne l'ai jamais trouvé qu'en *toi*.

II.

Lorsque autour de moi sourit la nature, dernier sourire qui réponde au mien, j'y ai foi, à celui-là, parce qu'il me rappelle le tien ; et quand les vents sont en guerre avec l'Océan, comme le sont avec moi les cœurs auxquels je croyais, si les vagues me font éprouver une émotion, c'est parce qu'elles m'entraînent loin de *toi*.

III.

Bien que j'aie vu briser le rocher où s'abritait mon dernier espoir, et que ses débris aient disparu sous les flots, bien que je sente que mon cœur est une proie livrée à la souffrance, – il ne sera pas son esclave. Plus d'une douleur me poursuit : on pourra m'écraser, non me mépriser ; – ils peuvent me torturer, ils ne me dompteront pas. – C'est à toi que je pense, non à eux.

IV.

Mortelle, tu ne m'as point trompé ; – femme, tu ne m'as point abandonné ; aimée, tu ne m'as point affligé ; calomniée, tu n'as point chancelé ; estimée, tu ne m'as point désavoué. Quand tu me quittais, tu ne me fuyais pas ; quand tes regards me surveillaient, ce n'était pas pour me diffamer, et tu ne te taisais pas pour laisser parler l'imposture.

V.

Cependant je n'ai ni mépris ni blâme pour le monde, pour cette guerre du grand nombre contre un seul ; – mon âme n'était pas faite pour l'apprécier, et ce fut folie à moi de ne pas m'en éloigner plus tôt. Si cette erreur m'a coûté cher, plus cher que je ne pouvais le prévoir, j'ai vu que, malgré tout ce qu'elle m'a fait perdre, elle n'a pas pu me priver de toi.

VI.

Dans ce naufrage où mon passé a péri, il est une leçon du moins que j'ai pu recueillir. J'y ai appris que ce qui m'était le plus cher méritait le plus d'être aimé. Il est pour moi une source au désert : dans mon domaine inculte un arbre reste ; un oiseau chante dans ma solitude, et son chant me parle de *toi*.

24 juillet 1816.

Épître à Augusta

MA SOEUR ! MA BIEN-AIMÉE SOEUR !

I.

Ma sœur, ma bien-aimée sœur ! s'il est un nom plus cher et plus pur, que ce nom soit le tien ! Des montagnes et des mers nous séparent ; mais ce ne sont pas des pleurs que je demande, c'est une affection qui réponde à la mienne. En quelque lieu que je sois, pour moi tu es toujours la même. Il reste encore deux buts à ma destinée : un monde à parcourir et un foyer avec toi.

II.

Le premier est peu de chose ; – l'autre, si je l'avais, sérail le port de ma félicité ; mais tu as d'autres devoirs et d'autres liens, et je ne veux rien leur enlever. Un sort étrange est échu en partage au fils de ton père, sort irrévocable, et dont rien ne peut adoucir la rigueur. L'opposé du destin de notre aïeul m'a été infligé : il n'eut point de repos sur l'Océan, ni moi sur le rivage.

III.

Si j'ai recueilli sur un autre élément que lui mon héritage de tempêtes ; si, sur des écueils périlleux que je n'avais pas vus ou n'avais pu prévoir, j'ai soutenu ma part des bourrasques mondaines, la faute en fut à moi : je n'essaierai pas de me justifier et d'abriter mes erreurs derrière des paradoxes ; j'ai moi-même été complice de ma chute, et le pilote zélé de mes propres malheurs.

IV.

À moi la faute, à moi la peine ! Toute ma vie n'a été qu'un combat, depuis le jour qui, en me donnant l'être, me donna en même temps ce qui empoisonna ce don, une destinée, – une volonté d'égarement ; et parfois j'ai trouvé dure cette lutte, et la pensée m'est venue de briser mes liens d'argile. Mais maintenant je me résigne à vivre quelque temps, ne fût-ce que pour voir ce qui peut me survenir encore.

V.

Dans ma courte existence, j'ai vu périr des royaumes et des empires, et pourtant je ne suis pas vieux ; et quand je considère cela, je vois se dissoudre la chétive écume de mes propres tempêtes, de ces années orageuses, agitées comme les vagues de la vaste mer. Quelque chose, – je ne sais quoi, – communique à mon âme une sorte de résignation. – La douleur, dussions-nous ne l'acheter que pour elle-même, ce n'est jamais en vain que nous l'achetons.

VI.

Peut-être s'agite au dedans de moi le sentiment de la fierté blessée, – ou ce froid désespoir que produit à la longue l'habitude du malheur ; – peut-être un climat plus clément, un air plus pur (car les changements de l'âme peuvent quelquefois être assignés à cette cause, et le corps s'accoutume à porter une armure légère), m'ont communiqué un calme étrange qui ne serait point le partage d'une destinée plus paisible que la mienne.

VII.

Parfois je sens presque comme je sentais dans mon heureuse enfance : les arbres, les fleurs, les ruisseaux qui me rappellent les lieux que j'habitais avant que ma jeune âme eût été sacrifiée aux livres, m'apparaissent comme autrefois. Ce sont des amis que mon cœur ne peut revoir sans attendrissement ; et même, par moments, il me semble que je pourrais trouver quelque objet vivant à aimer, – mais aucun comme toi.

VIII.

Ici les paysages des Alpes fournissent un aliment à la contemplation. – L'admiration est un sentiment bientôt épuisé, mais ces tableaux inspirent quelque chose de plus digne. Ici, être seul, ce n'est point être malheureux : car j'y vois beaucoup de choses que je désire le plus de voir, et surtout je puis contempler ici un lac plus charmant, non plus cher que le nôtre d'autrefois.

IX.

Oh ! si tu étais seulement avec moi ! – Mais je suis dupe de mes propres désirs, et j'oublie que la solitude que j'ai tant exaltée perd tout son prix dans ce regret unique. Peut-être en est-il d'autres que je ne manifeste point. – Je ne suis pas de ceux qui se plaignent, et néanmoins je sens s'émouvoir ma philosophie et des larmes mouiller mes yeux émus.

X.

J'ai rappelé à ta mémoire notre lac chéri auprès du vieux manoir, qui peut-être un jour ne m'appartiendra plus. Le Léman est beau ; mais ne crois pas que j'oublie le doux souvenir d'un rivage plus cher. Il faudra que le temps fasse bien des ravages dans ma mémoire avant que, *lui* ou *toi*, mes yeux cessent de vous voir ; et néanmoins, comme tout ce que j'ai aimé, ces objets, ou sont loin de moi, ou je leur ai dit un éternel adieu.

XI.

Le monde entier se déroule devant moi ; je ne demande à la nature que ce qu'elle ne me refusera pas, – de me réchauffer au soleil de son été, de participer au calme de son ciel, de voir sans masque son bienveillant visage, et de ne jamais le contempler avec apathie. Elle fut ma première amie, et maintenant elle sera ma sœur – jusqu'à ce que je te revoie.

XII.

Je peux étouffer tous mes sentiments, sauf celui-ci que je ne voudrais pas éteindre en moi ; – car je vois enfin des sites pareils à ceux où commença ma vie, – les premières scènes de mon existence, les seules qui me conviennent. Si j'avais appris plus tôt à fuir la foule, je serais meilleur que je ne puis être aujourd'hui ; les passions qui m'ont déchiré auraient dormi ; je n'aurais pas souffert, et toi, tu n'aurais pas pleuré.

XIII.

Qu'avais-je à démêler avec une fausse ambition ? Peu avec l'amour, et bien moins encore avec la gloire ; et cependant tous trois sont venus à moi à mon insu ; ils ont grandi avec moi, et ils ont fait de moi tout ce qu'il est en leur pouvoir de faire, – un nom. Pourtant ce n'était pas là ce que je cherchais ; certainement j'avais un but plus noble. Mais tout est fini, – je suis une unité de plus à ajouter aux millions de dupes qui ont existé avant moi.

XIV.

Pour ce qui est de l'avenir, l'avenir de ce monde m'importe peu ; je me suis survécu à moi-même de plus d'un jour, ayant survécu à tant de choses qui ne sont plus ; mes années n'ont point été un sommeil, mais des veilles incessantes les ont occupées ; ma vie aurait pu remplir un siècle avant d'avoir vu s'écouler un quart de cet espace.

XV.

Quant à ce qui me reste encore à vivre, je m'y résigne volontiers ; et pour le passé je ne suis pas sans reconnaissance, – car au milieu de mes innombrables agitations, il s'est glissé parfois des moments de bonheur ; quant au présent, je ne veux pas étouffer davantage mes sentiments. – Et je ne cacherai pas qu'avec tout cela je puis encore, en jetant les yeux autour de moi, adorer la nature avec un cœur fervent.

XVI.

Pour toi, ma sœur unique et bien-aimée, je sais que je suis en sûreté dans ton cœur, comme toi dans le mien ; toi et moi – nous avons été et sommes encore – des êtres qui ne peuvent renoncer l'un à l'autre ; peu importe que nous soyons réunis ou séparés ; depuis le commencement de la vie jusqu'à son lent déclin, nous sommes enlacés ; – vienne la mort lentement ou vite, notre premier lien est aussi le plus durable !

Vers composés en apprenant que lady Byron était malade

Et tu as été triste, – et je n'étais pas avec toi ! et tu as été malade, et je n'étais pas là ! pourtant je croyais que la santé et la joie seules pouvaient être où je n'étais pas, – et ici la souffrance et l'affliction ! En est-il donc ainsi ? – Il en est comme je l'avais prédit, et l'avenir sera pire encore ; car l'âme se replie sur elle-même, et le cœur, après son naufrage, reste froid et glacé, rassemblant péniblement les débris épars. Ce n'est pas dans la lutte de l'orage que nous sommes, accablés et que nous souhaitons de ne plus être, c'est dans le silence qui le suit, c'est sur le rivage, quand tout est perdu, sauf une vie courte et chétive.

Je suis trop bien vengé ! – mais c'était mon droit : quelles que fussent mes fautes, *tu* n'étais pas la Némésis chargée de me punir, – et le ciel n'avait pas fait choix d'un instrument si proche. Miséricorde est faite aux miséricordieux ! – si tu l'as été, elle te sera accordée aujourd'hui. Tes nuits sont bannies des domaines du Sommeil ! – Oui, on peut te flatter, mais tu sentiras une intime agonie qui ne guérira pas, car tu as pour oreiller une malédiction trop profonde. Tu as semé dans ma douleur ; il te faut recueillir une moisson amère de maux aussi réels ! J'ai eu bien des ennemis, mais aucun comme toi ; car contre les autres je pouvais me défendre et me venger, ou changer leur haine en amitié ; mais toi, dans ton implacabilité inviolable, tu n'avais rien à craindre, – protégée par ta propre faiblesse et par mon amour, qui n'a fait que trop de concessions, et a épargné, en considération de toi, ceux qu'il n'eût pas dû épargner. – C'est ainsi que, sur la créance que t'accordait le monde, – sur la folle renommée de ma jeunesse orageuse, – sur des choses qui n'étaient pas, et des choses qui sont, sur cette base tu as construit un monument auquel le crime a servi de ciment ! Clytemnestre morale de ton époux, tu as immolé, d'un glaive dont je ne me défiais pas, réputation, paix, espérance, et jusqu'à cette vie meilleure qui, sans la froide trahison de ton cœur, eût pu renaître encore de ce tombeau de nos démêlés, et trouver un plus noble devoir que celui de nous séparer. Mais tu as fait un vice de tes vertus ; tu en as froidement fait trafic, en vue de la colère présente et de la fortune à venir, – et tu as acheté à tout prix la sympathie d'autrui. Ainsi entrée dans des voies tortueuses, cette sincérité qui distinguait ta jeunesse cessa de t'accompagner, – et parfois avec un cœur ignorant de ses propres crimes, l'imposture, les allégations inconciliables, les équivoques, les pensées qui habitent dans les esprits à double face, – le coup d'œil d'intelligence, qui sait mentir silencieusement, – les prétextes tirés de la prudence, avec leurs avantages concomitants, – l'acquiescement à tout ce qui, de manière ou d'autre, conduit au terme désiré, – tout trouva place dans ta philosophie. Les moyens étaient dignes du but, et le but est atteint. – Je n'aurais pas voulu te faire ce que tu m'as fait.

Septembre 1816.

Poésies diverses,
composées en 1814-15-16

La Tournée du diable
RAPSODIE INCOMPLÈTE.

Le diable fut de retour en enfer à deux heures ; il y resta jusqu'à cinq ; à cinq il dîna, mangea quelques homicides en ragoût, un ou deux rebelles accommodés à la sauce d'Irlande, des saucisses de juif suicidé ; – après quoi il songea à ce qu'il ferait. « Parbleu, » dit-il, « je ferai une promenade en voiture. J'ai été à pied ce matin, j'irai en carrosse ce soir ; mes enfants se plaisent beaucoup dans les ténèbres, et je verrai un peu comment vont les affaires de mes favoris. »

« Et quelle sorte de voiture prendrai-je ? » se demanda ensuite Lucifer ; – « si je suivais mon goût, je monterais dans un chariot de blessés, et je sourirais à la vue de leur sang. Mais ils doivent être encombrés, et maintenant c'est de la célérité qu'il me faut ; je veux parcourir mes domaines dans le rayon le plus étendu possible, et voir si l'on ne m'escamote pas quelques âmes. »

« J'ai une voiture de cérémonie à *Carlton House*, une berline à *Seymour Place* ; mais je les ai prêtées à deux de mes amis qui, en retour, font prendre à leurs chevaux mon pas favori ; et puis ils tiennent les rênes avec tant de grâce ! À la fin de leur promenade je leur réserve à tous deux quelque chose. »

« Allons toujours sur la terre, et nous verrons. » Ce disant, il s'élança sur notre globe, et d'un saut, passant de Moscou en Franc, il enjamba le détroit et posa son pied fourchu sur une route à péage, non loin du domicile d'un évêque.

Mais j'oubliais de dire qu'il s'arrêta un moment en chemin pour jeter les yeux sur la plaine de Leipsick ; et si douce à sa vue fut la clarté sulfureuse qui l'éclairait, si mélodieuse à son oreille la clameur du désespoir, qu'il se percha sur une montagne de cadavres, et de là contempla avec délices ce spectacle. Il y avait longtemps qu'il ne s'était trouvé à pareille fête, et qu'il n'avait vu faire aussi bien son œuvre ; car les flots de sang avaient tellement rougi la campagne, qu'elle avait la couleur des vagues de l'enfer ! Alors il laissa éclater un rire immodéré et bruyant, et s'écria : « Il me semble qu'ici on n'a pas besoin de *moi* ! »

[...]

Mais le son le plus doux qui vint caresser son oreille, ce fut la voix d'une veuve éplorée ; et l'aspect le plus délicieux à ses regards, ce fut la larme glacée que l'horreur avait gelée dans l'œil d'azur d'une vierge assise auprès du cadavre de son amant. – Ses longs cheveux blonds retombaient en désordre autour d'elle, et elle regardait le ciel d'un air égaré qui semblait demander s'il y avait là un Dieu. Et couché près du mur d'une cabane en ruine, les joues creuses, les yeux demi-fermés, un enfant expirait de besoin ; et déjà avait commencé le carnage qui succède au combat, et le massacre de ceux qui cherchent vainement à fuir.

[...]

Mais le diable a atteint nos blancs rochers. Je vous prie de me dire ce qu'il y fit. Si ses yeux étaient bons, il ne vit la nuit que ce que nous voyons tous les jours ; mais il fit sa tournée, tint un journal où il consigna toutes les merveilles nocturnes dont il était témoin, et en vendit les actions à des libraires de Pater-Noster-Row, qui lui en offrirent un bon prix, – et partant le dupèrent.

Le diable vit venir une voiture qu'il prit pour la malle, à la couleur de l'habit du cocher ; il présenta donc à ce dernier sa queue en guise de pistolet, et le saisit à la gorge : « Ah ! ah ! » dit-il, « qu'avons-nous là ? c'est une barouche neuve et un pair antique ! » Sur quoi il remit le cocher sur son siège, lui disant de ne rien craindre, mais de rester fidèle à son fouet, à ses rênes, à sa catin et à sa bière, ajoutant : « Après le plaisir de contempler un lord au conseil, c'est ici que j'aime à le voir. »

[...]

Le diable se rendit ensuite à Westminster, et se dirigea vers la Chambre des communes ; mais, chemin faisant, il apprit que les lords étaient convoqués ; et pensant, comme un ci-devant aristocrate, qu'il était bon de jeter un coup d'œil sur les pairs, quoiqu'il fût fort ennuyeux de les entendre, il entra dans la noble Chambre comme s'il eût fait lui-même partie de l'assemblée, et alla se placer, dit-on, fort près du trône.

Il vit lord Liverpool, sage en apparence, et lord Westmoreland, très certainement imbécile ; et Jean de Norfolk, – homme de belle taille, ma foi ! – et Chatam, si semblable à son ami William ; et il vit des larmes dans les yeux de lord Eldon, parce que les catholiques ne voulaient pas se révolter, en dépit de ses prières et de ses prophéties ; et il entendit, – ce qui étonna un peu Satan lui-même, – un certain président de cour articuler quelque chose qui ressemblait beaucoup à un *jurement*. Et le diable fort choqué se dit : « Partons, car je vois que nous avons là-bas de bien meilleures manières :

si, lorsqu'il passera ma frontière, ce gaillard se hasarde à haranguer ainsi, je prierai l'ami Moloch de le rappeler à l'ordre. »

Poésie de Windsor

VERS COMPOSÉS EN VOYANT SON ALTESSE ROYALE LE PRINCE RÉGENT ENTRE LES CERCUEILS DE HENRI VIII ET DE CHARLES Ier, DANS LE CAVEAU ROYAL DE WINDSOR.

Des plus sacrés liens renommé contempteur,
Près de Charles sans tête est ce Henri sans cœur ;
Entre eux, cet autre objet que le sceptre décore
Quel est-il ? – C'est un roi. – Le nom seul manque encore.
Vrai Charles pour son peuple, Henri pour sa moitié,
En lui les deux tyrans ont revu la lumière.
La justice ou la mort mêle en vain leur poussière ;
Les vampires royaux, farouches, sans pitié,
Revivent. À quoi sert un tombeau – s'il dégorge
Cette cendre et ce sang pour en former un George ?

Stances

JE N'OSE PRONONCER TON NOM.

I.

Je n'ose prononcer ton nom, je n'ose le transcrire ; il y a là un son douloureux, une renommée coupable ; mais la larme brûlante qui maintenant sillonne ma joue, révèle les pensées profondes qui habitent dans ce silence du cœur.

II.

Trop courtes pour notre passion, trop longues pour notre repos, ont été ces heures ; – comment pourra cesser leur amertume ou leur joie ? Nous nous repentons, – nous rétractons nos serments, nous voulons briser notre chaîne, – nous voulons nous séparer, – nous ne savons que revoler l'un vers l'autre.

III.

Oh ! à toi la joie, à moi le crime ! Pardonne-moi, beauté adorée ! Oublie-moi si tu veux ; – mais ce cœur qui t'appartient expirera sans souillure, et, soumis à ton seul pouvoir, – il ne sera pas brisé par la main de l'homme.

IV.

Et mon âme, dans sa plus sombre amertume, farouche avec les superbes, sera humble avec toi ; et nos jours couleront aussi rapides et nos moments plus doux avec toi à mon côté qu'avec le monde à nos pieds.

V.

Un soupir de ta douleur, un regard de ton amour, va me changer ou me fixer, me récompenser ou me punir ; – les cœurs égoïstes s'étonneront de tout ce que je sacrifie ; – les lèvres répondront, non à eux, mais aux *miennes* !

Mai 1814.

Adresse destinée à être prononcée à la réunion calédonienne

Qui ne s'est point senti ému d'un noble enthousiasme à la lecture des annales où la Gloire a gravé le nom invaincu des fiers Calédoniens, ces montagnards qui bravèrent les chaînes de Rome et repoussèrent le Danois à l'ardente chevelure ; ces hommes au bras fort, à la claymore brillante, qu'aucun ennemi n'a pu intimider, aucun tyran asservir ? Ils ne sont plus ; – mais leurs fils vivent encore, et la Gloire les couronne d'un double laurier. Les bannières du Gaël et du Saxon se confondent. Angleterre, réunis leur mâle vigueur à la tienne. Le sang qui coulait dans les veines de Wallace coule encore avec la même chaleur, mais il n'est versé maintenant que pour la Gloire et toi ! Oh ! n'oublie pas les droits du vétéran du Nord, donne-lui des secours, – le monde lui a donné la gloire !

Les guerriers subalternes, les braves obscurs qui ont sans hésiter prodigué leur vie sur les pas des puissants, qui dorment sous le gazon sans gloire, foulés par leurs camarades vainqueurs et plus heureux, nous ont légué, – c'est tout ce qu'ils pouvaient nous léguer, – l'enfant orphelin et l'épouse solitaire : voyez-la sur les collines nébuleuses d'Albyn lever douloureusement vers le ciel ses yeux humides de pleurs ; évoquant dans ses présages sombres les maux de l'avenir, elle voit les fantômes sanglants des guerriers lui apparaître dans les nuages et les ténèbres de la tempête ; et cependant sa voix attristée entonne le chant solitaire, la douce et mélancolique lamentation pour celui qui tarde à revenir, celui dont les reliques lointaines implorent vainement le *Coronach*, la sauvage harmonie qui résonne en l'honneur du brave.

C'est au ciel, – et non à l'homme, – à adoucir l'explosion récente de ces douleurs de la nature – pourtant l'affection et le temps peuvent enlever aux pleurs versés pour un objet chéri une moitié de leur amertume ; la reconnaissance nationale peut donner à la veuve un oreiller sans épines pour appuyer sa tête, peut alléger la sollicitude de son cœur maternel, et sauver de l'indigence la postérité du soldat.

Mai 1814.

Fragment d'une épître à Thomas Moore

« Que disais-je ? » – Mais je n'ajouterai pas une syllabe de plus en prose ; je suis votre homme « sur tous les tons, » cher Tom ; en avant donc ! aventurons-nous à la nage, sur le fleuve du vieux Temps, soutenus par ces vessies boursouflées qu'on appelle rimes. Si notre poids les fait crever, et si nous allons à fond, nous nous noierons du moins dans un bourbier respectable, où avant nous se sont noyés en foule les plongeurs du Pathos, où dort le dernier poème de Southey ; véritable suicide de cet insensé, qui, à moitié ivre de son vin muscat, s'avisa de sortir de son trou, et fit naufrage en eau calme, Chantant « gloire à Dieu » en stances lourdes et tout à fait neuves, telles que depuis Sternhold on n'en a jamais vu.

Les journaux vous ont sans doute appris tout le tapage, les fêtes et le fracas qu'on a fait pour l'arrivée de ces Russes ; ils vous ont dit la suite de sa majesté, depuis le cocher, jusqu'à l'hetman. La semaine dernière je l'ai vu à deux bals et à une soirée ; pour un prince ; je l'ai trouvé un peu trop gaillard. Vous savez qu'on nous a habitués à des grâces tout à fait différentes.

[...]

J'avoue que l'air du czar m'a semblé avoir plus de vivacité et d'éclat ; mais en fait de favoris il est pauvrement partagé.

Il était en habit bleu, sans crachat, en culotte de casimir, et valsait avec la Jersey qui, plus ravissante que jamais, paraissait, comme toutes les personnes invitées, charmée de la présence de sa majesté.

[...]

Juin 1814.

Épître de condoléance à Sara, comtesse de Jersey, sur ce que le prince régent avait renvoyé son portrait à mistriss Mee

Quand l'orgueilleux triomphe du maître impérial à qui Rome esclave obéissait tout en l'abhorrant, offrit aux regards de la foule les bustes glorieux des sages et des héros, pendant que passait le cortège, dans toute cette pompe qu'admirait-on de plus ? Qui imprimait l'admiration sur tous les visages ? La pensée de Brutus, – car son image n'était pas là ! son absence faisait sa gloire ; – cette absence gravait sans mélange son souvenir dans les regrets de tous, et consacrait son nom d'une manière plus durable que n'eût pu faire une statue colossale d'or massif.

De même, belle Jersey, si notre avide regard, dans un étonnement muet et vain, cherche tes traits au milieu de tous ces charmes reproduits par le pinceau et dont ta beauté eût effacé l'éclat ; si ce présomptueux vieillard, digne héritier du trône et de l'esprit de son père, si ses yeux corrompus et son cœur flétri ont pu consentir à se séparer de ta douce image, à lui la honte de cette absence de goût ! à nous la douleur de contempler cette phalange de beautés sans son chef ! Toutefois, une pensée égoïste nous console : nous perdons le portrait, mais nous gardons nos cœurs.

Que nous offriront maintenant les voûtes de sa galerie ? un jardin où se trouvent toutes les fleurs, – hormis la rose ; – une fontaine à laquelle il ne manque que son onde limpide ; une nuit où brillent toutes les étoiles, excepté l'astre de Diane ; toutes ces beautés présentes, nous ne les verrons pas ; nos regards s'en détourneront pour rêver à toi, et s'arrêteront plus longtemps sur cette image évoquée par la mémoire, que sur tous ces portraits qu'il présente vainement à notre suffrage.

Puisse l'éclat de ton midi briller longtemps encore, et puisses-tu conserver tout ce que la vertu demande d'hommages : les belles formes de la jeunesse, – la grâce du visage, – les yeux qui portent la vie et la joie, – le regard empreint de sérénité, les tresses brillantes de ces cheveux noirs qui ombragent sans le cacher un front plus que beau, ce coup d'œil qui nous subjugue, et cette animation magique répandue sur toi, qui ne permet pas à nos yeux de se reposer, mais les oblige à regarder de nouveau, et les récompense sans cesse par la découverte de nouveaux charmes ! Ils n'ont point diminué, ils sont toujours aussi brillants, bien que leur éclat soit trop éblouissant pour la vue d'un vieil insensé ; il te faut attendre que tous tes charmes soient partis si tu veux plaire au cœur vil qui ne plaît à personne, – à ce froid libertin dont le regard envieux et blasé a passé devant ton portrait sans paraître le voir, qui a cherché dans son étroite cervelle le moyen de manifester tout à la fois sa haine pour la beauté de la Liberté et pour la *tienne*.

Août 1814.

À Balthazar

I.

Balthazar ! quitte la table du festin, et ne meurs pas dans la satiété des plaisirs ; regarde, pendant que devant toi brûlent encore les paroles écrites, le mur étincelant. Les hommes saluent plus d'un despote du titre mensonger d'oint du Seigneur ; mais toi, ô le plus débile et le pire des tyrans, n'est-il pas écrit que tu dois mourir ?

II.

Va ! arrache les roses qui couronnent ta tête, – cette parure sied mal à des cheveux blancs ; les guirlandes de la jeunesse sont maintenant déplacées pour toi plus encore que ton diadème, dont tu as terni tous les joyaux ; rejette donc loin de toi ce colifichet sans valeur, qui, porté par toi, est l'objet du mépris même de tes esclaves, et apprends à mourir comme meurent des hommes meilleurs !

III.

Oh ! tu fus de bonne heure pesé dans la balance, et tu as été trouvé léger de parole et de mérite ; avant que finît pour toi la jeunesse, ton âme était déjà morte, et il ne restait de toi qu'une masse d'argile. Ta vue excite le rire du mépris ; mais l'Espérance, détournant de toi ses regards baignés de larmes, déplore que le ciel t'ait fait naître, indigne que tu es de régner, de vivre, ou de mourir.

Stances élégiaques sur la mort de sir Peter Parker

I.

Il y a des larmes pour tous ceux qui meurent, du deuil sur le plus humble tombeau ; mais quand les braves succombent, les nations font entendre le cri funèbre, et la Victoire pleure.

II.

Pour eux les soupirs les plus purs de la douleur traversent le sein ému de l'Océan : en vain leurs ossements gisent sans sépulture, toute la terre devient leur mausolée !

III.

Ils trouvent un monument dans toutes les pages de l'histoire, une épitaphe dans toutes les langues : l'heure présente, le siècle à venir les pleurent et leur appartiennent.

IV.

Pour eux se tait la joie des festins ; *leur nom* est le seul mot prononcé, pendant qu'en leur honneur, et en mémoire de leurs hauts faits, la coupe circule silencieuse.

V.

Célébrés par la foule qui ne les a pas connus, regrettés par leurs ennemis qui les admirent, qui ne voudrait partager leur destinée glorieuse ? qui ne voudrait mourir de la mort qu'ils ont choisie ?

VI.

C'est ainsi, valeureux Parker, que seront consacrées ta vie, ta mort, ta gloire ; les jeunes courages t'admireront et trouveront un modèle dans la mémoire.

VII.

Mais il est des cœurs que ta mort a fait saigner, que ta gloire ne peut consoler, et qui n'entendent qu'en frémissant parler d'une victoire où succomba un guerrier si cher, si intrépide.

VIII.

Où fuiront-ils pour te pleurer moins ? Quand cesseront-ils d'entendre prononcer ton nom chéri ? Le temps ne peut amener l'oubli quand la douleur est entretenue par la gloire.

IX.

Hélas ! c'est sur eux, et non sur toi, qu'ils ne peuvent s'empêcher de pleurer. Elle ne peut qu'être profonde l'affliction qu'inspirent les morts, quand cette douleur est la première qu'ils aient jamais causée.

Octobre 1814.

Stances

PARMI LES JOIES QUE LE MONDE NOUS DONNE.

« O lacrymarum fons, tenero sacros
Ducentium ortus ex animo, quater
Felix in imo qui seatentem
Pectore te, pia nympha, sensit ! »

GRAY, *Poemata.*

I.

Parmi les joies que le monde nous donne ; il n'en est point de comparable à celle qu'il nous ôte quand l'éclat de la pensée jeune s'efface dans le triste déclin du sentiment ; au bel âge, ce n'est pas seulement la fraîcheur de la joue qui passe vite, mais le tendre incarnat du cœur est déjà parti que la jeunesse dure encore.

II.

Alors ce petit nombre d'âmes qui flottent encore après le naufrage du bonheur, sont poussées sur les écueils du crime ou entraînées dans l'océan des dérèglements : leur boussole est perdue, ou son aiguille leur montre vainement le rivage que leur barque fracassée n'abordera jamais.

III.

Alors vient le froid mortel de l'âme, semblable à la mort elle-même ; elle ne peut ressentir les maux d'autrui, elle n'ose songer aux siens ; cette torpeur glaciale a gelé la source de nos larmes, et dans le regard c'est la glace seule qui brille.

IV.

En vain des lèvres s'échappent abondamment les éclairs de l'esprit ; en vain la gaieté cherche à distraire le cœur dans ces heures de la nuit qui ne donnent plus le repos d'autrefois ; c'est comme la guirlande dont le lierre environne la tourelle en ruine : à l'extérieur elle est verdoyante et fraîche, mais par-dessous détériorée et grisâtre.

V.

Oh ! si je pouvais sentir ce que j'ai senti, – ou être ce que j'ai été, ou pleurer sur ce qui n'est plus comme je pleurais autrefois ! de même qu'au désert la source la plus saumâtre paraît douce, ainsi couleraient pour moi ces larmes au milieu du champ flétri et inculte de la vie.

Mars 1815.

Stances
NULLE D'ENTRE LES FILLES DE LA BEAUTÉ.

I.

Nulle d'entre les filles de la Beauté n'a une magie comme la tienne ; et ta voix est douce à mon oreille comme la musique sur l'eau, alors que l'Océan charmé semble se taire pour l'entendre, que les vagues brillantes restent silencieuses et immobiles, et que les vents enchaînés paraissent rêver.

II.

Et l'astre des nuits file sa chaîne brillante au-dessus du liquide abîme, dont le sein se soulève doucement comme celui d'un enfant endormi : ainsi l'âme s'incline devant toi pour t'entendre et t'adorer, pleine d'une émotion suave et profonde comme celle qui, par une nuit d'été, gonfle l'Océan.

Le Tombeau de Churchill
FAIT LITTÉRAL.

J'étais près de la tombe d'un homme qui, comète passagère, n'a brillé qu'une saison ; je vis la plus humble des sépultures, et néanmoins je contemplai avec un sentiment de douleur et de respect ce gazon négligé, cette pierre silencieuse, où était gravé un nom confondu avec les noms inconnus épars autour de lui ; et je demandai au jardinier de ce lieu pourquoi les étrangers venaient, à l'occasion de cette plante, mettre à contribution sa mémoire, et l'obliger à remonter à travers l'épaisse nuit d'un demi-siècle ; et il me répondit : – « Ma foi, je ne sais pas comment il arrive si souvent que les voyageurs se font pèlerins ; il est mort avant mon entrée en fonctions, et ce n'est pas moi qui ai creusé sa tombe. » Est-ce donc là tout ? me dis-je. Et nous déchirons le voile de l'immortalité ; et nous ambitionnons je ne sais quel honneur et quel éclat dans les âges à venir pour essuyer cet affront, et si tôt encore ! et voilà tout le succès qui attend nos efforts ! Pendant que je parlais, l'architecte de tout ce que foulent nos pas, car la terre n'est autre chose qu'un marbre funéraire, essaya d'extraire quelque souvenir de cette argile dont le mélange pourrait embarrasser la pensée d'un Newton, n'était que toute vie doit aboutir à une vie unique, dont celle-ci n'est qu'un rêve ; – soudain, comme si le crépuscule d'un ancien soleil eût lui dans sa mémoire, il parla ainsi : – « Je crois que l'homme dont vous parlez, et qui repose dans cette tombe à part, fut dans son temps un écrivain fameux ; c'est pourquoi les voyageurs se détournent de leur route pour lui rendre honneur, – et me donner, à moi, ce qu'il plaira à votre seigneurie. » Sur quoi, on ne peut plus satisfait, je tirai d'un coin avare de ma poche certaines pièces d'argent que, malgré moi, je donnai à cet homme, quoique cette dépense me gênât. – Je vous vois sourire, ô profanes ! parce que je vous dis tout simplement la vérité. Riez de vous-mêmes, et non de moi, – car j'écoutai avec un intérêt profond, et les larmes aux yeux, cette homélie naturelle du vieux fossoyeur, dans laquelle se trouvaient réunies l'obscurité et la renommée, la gloire et le néant d'un nom.

Diodati, 1816.

Fragment

SI JE POUVAIS REMONTER
LE FLEUVE DE MES ANS.

Si je pouvais remonter le fleuve de mes ans jusqu'à la première source de nos sourires et de nos larmes, je ne voudrais pas recommencer le cours des heures, et voguer de nouveau entre des rives minées par les eaux et des fleurs desséchées ; je le laisserais couler comme il fait maintenant, et se perdre dans la foule des ondes inconnues.

[...]

Qu'est-ce que la mort ? – le repos du cœur ? le tout dont nous faisons partie ? car la vie n'est qu'une vision, – il n'y a de vie pour moi que ce que je vois des êtres vivants ; et cela étant, – les absents sont les morts qui viennent troubler notre tranquillité, étendre autour de nous un lugubre linceul, et mêler de douloureux souvenirs à nos heures de repos.

Les absents sont les morts, – car eux, ils sont froids, et ne peuvent plus redevenir ce que nous les avons vus ; et ils sont changés et tristes, – ou si ceux qu'on n'oublie point n'ont pas tout oublié, puisqu'ils sont séparés de nous, – qu'importe qu'il y ait entre nous une barrière de terre ou d'eau ? c'est peut-être l'une et l'autre, mais cette séparation doit un jour cesser dans l'union sombre de l'insensible poussière.

Les habitants souterrains de notre globe ne sont-ils que la décomposition informe de millions d'hommes redevenus argile, que les cendres de milliers de siècles semées partout où l'homme a porté ou portera ses pas ? ou bien habitent-ils leurs cités silencieuses, chacun dans sa cellule solitaire ? ont-ils leur langue à eux, et le sentiment d'une existence dépourvue de souffle, – sombre et intense, comme Minuit dans sa solitude ? – Ô terre ! où sont ceux qui ne sont plus ? – Et pourquoi sont-ils nés ? Les morts sont tes héritiers, – et nous, nous ne sommes que des bulles d'air à ta surface ; et la clef de tes profondeurs est dans la tombe, cette porte d'ébène de ta caverne peuplée, où je voudrais errer en esprit, et contempler nos éléments transformés en des choses sans nom, et pénétrer de mystérieuses merveilles, et explorer l'essence des grandes âmes qui ne sont plus

[...]

Diodati, juillet 1816.

Sonnet
AU LAC LÉMAN.

Rousseau, – Voltaire, – notre Gibbon – et de Staël, ces noms, ô Léman ! sont dignes de tes rivages, et tes rivages dignes de tels noms ! Si tu n'existais plus, leur mémoire rappellerait ton souvenir. Pour eux tes rives ont été charmantes, comme pour tout le monde ; mais ils les ont rendues plus charmantes encore, car c'est le privilège des esprits puissants de sanctifier dans le cœur des hommes les ruines de la demeure qu'ont habitée la Sagesse et le Génie ; mais auprès de *toi*, ô lac de beauté ! en glissant doucement sur la mer de cristal, combien nous sentons mieux encore la flamme de ce généreux enthousiasme qui nous rend fiers des fils de l'immortalité, et donne de la réalité au souffle de la gloire !

Diodati, juillet 1816.

Stances

I.

Brillant est le séjour qu'habite ton âme ; jamais esprit plus aimable n'a brisé son enveloppe mortelle pour occuper une place éclatante dans les rangs des bienheureux. Sur la terre, tout déjà en toi était divin comme le sera éternellement ton âme, et nos regrets doivent s'apaiser en songeant que ton Dieu est avec toi.

II.

Léger sera le gazon de ta tombe ! que sa verdure soit comme une émeraude ; que pas un nuage n'obscurcisse les souvenirs que nous conservons de toi ; que de jeunes fleurs et des arbres toujours verts croissent sur le lieu de ta sépulture ; que l'on n'y aperçoive point de cyprès ni d'ifs : à quoi bon plaindre les bienheureux ?

Stances

ILS DISENT QUE LE BONHEUR C'EST L'ESPÉRANCE.

Ils disent que le bonheur c'est l'espérance ; mais le véritable Amour attache au passé plus de prix encore, et la Mémoire réveille les pensées qui nous sont chères ; venues les premières, elles seront les dernières à s'éteindre.

Et tout ce que la Mémoire aime le plus, c'est ce que l'Espérance appelait de ses vœux ; et tout ce qu'adora et perdit l'Espérance s'est fondu dans le domaine de la Mémoire.

Hélas ! tout cela n'est qu'illusion ; l'avenir nous trompe longtemps à l'avance ; nous ne pouvons redevenir ce que nous regrettons, et n'osons réfléchir à ce que nous sommes.

À Thomas Moore

Mon bateau touche au rivage, et mon navire est en mer ; mais avant que je parte, Tom Moore, voici une double santé pour toi !

J'envoie un soupir à ceux qui m'aiment, un sourire à ceux qui me haïssent ; et que le ciel sur ma tête soit serein ou sombre, j'ai un cœur préparé à tout.

71

Quoique l'Océan mugisse autour de moi, il me portera sur ses vagues ; quand je n'aurais autour de moi qu'un désert, il s'y trouve des sources qu'on peut découvrir.

Quand il ne resterait qu'une goutte dans la citerne, quand je serais mourant sur ses bords, avant de tomber de faiblesse, c'est à toi que je boirais.

Avec cette eau, comme maintenant avec ce vin, le vœu qui accompagnerait ma libation serait : – Paix aux tiens et aux miens ! je bois à toi, Tom Moore.

Le Roi des tisserands

CHANT DES LUDDISTES.

1.

Comme nos frères de là-bas,
Payons avec du sang ; c'est le sang qui délivre ;
Sachons mourir dans les combats
Si libres nous ne pouvons vivre.
Faisons tomber tous les tyrans
Devant le roi des tisserands.

2.

Quand la trame sera complète,
Enfants, contre le glaive échangeons la navette
Jetons sur le despote à nos pieds renversé
Un linceul teint du sang que lui-même a versé.

3.

Aussi noir que la boue en ses veines stagnante,
Ce sang est la rosée utile et bienfaisante
Qui doit faire fleurir l'arbre par nous planté,
L'arbre des tisserands et de la Liberté.

Stances

I.

Nos nocturnes promenades, nous ne les prolongerons plus si tard, quoique le cœur soit toujours aussi aimant, et la lune aussi brillante.

II.

Car le glaive use le fourreau, et l'âme use la poitrine ; et il faut que le cœur s'arrête pour reprendre baleine, et l'amour lui-même a besoin de repos.

III.
Quoique la nuit ait été faite pour l'amour, et que le jour revienne trop tôt,
nous ne les prolongerons plus si tard, nos nocturnes promenades.

Sur le buste d'Hélène, par Canova

Dans ce marbre charmant, supérieur aux œuvres et à la pensée de
l'homme, tu vois ce que la nature *pouvait*, mais n'a pas *voulu* faire, et ce
que *peuvent* le génie du beau et Canova ! La puissance de l'imagination
est dépassée, l'art du poète est vaincu ; voilà l'*Hélène* du *cœur*, avec
l'immortalité pour douaire.

Poésies diverses, composées de 1817 à 1821

Versicules

J'ai lu *Christabel* tout d'un trait.
    – Parfait.
Et *le Missionnaire* aussi.
    – Merci.
J'ai feuilleté *Marguerite* un moment.
    – Vraiment ?
D'Ilderim une page ou deux.
    – Grands dieux !
Puis j'ai lu ce que Scott a fait sur Waterloo.
    – Oh ! oh !
J'ai fini par Wordsworth, poète au petit lait.
    – Laid ! laid !
    Etc., etc., etc.

À M. Murray

Pour allécher le lecteur, John Murray, vous avez publié *Marguerite d'Anjou*, qui ne se vendra pas de sitôt (du moins vous n'en avez pas vendu encore) ; et puis, pour ajouter à nos étonnements, vous avez, sans remords, imprimé *Ilderim* ; or, prenez garde de faire de mauvaises affaires, parce que, voyez-vous, s'il vous arrivait de faillir, ces livres-là seraient pour vous une fort mauvaise caution.

Surtout ne communiquez pas ces vers au *Morning-Post* ou à Perry ; ce serait une trahison qui me mettrait dans une situation critique : car, d'abord, il me faudrait, dans mon batelet, soutenir l'abordage d'une galère ; et, supposé que je fusse vainqueur du champion d'Assyrie, j'aurais ensuite à rompre une lance avec le chevalier femelle.

25 mars 1817.

Épître de M. Murray au docteur Polidori

J'ai lu, sans perdre temps, votre pièce, docteur,
Et vraiment, dans son genre, elle vous fait honneur ;

74

Elle humecte les yeux : son artifice habile
Donne des pâmoisons et purge de la bile.

J'en aime la morale ainsi que l'action ;
Le nœud n'est pas trop mal, le dialogue est bon ;
Votre héros mugit, votre héroïne pleure ;
Sur la fin tout le monde expire. À la bonne heure.
En un mot, votre drame est, je crois, ce qu'il faut.
Quant à le publier, si je vous fais défaut.
Ce n'est pas, croyez-moi, que je ne sois sensible
À tout ce qu'il contient de mérite ostensible ;
Mais – c'est que, – voyez-vous, – dans ce siècle maudit,
Les drames imprimés sont de mauvais débit :
Manuel m'a fait perdre un argent fou ; l'*Oreste*
de Sotheby (ce drame est son meilleur, au reste,)
Est demeuré chez moi si longtemps invendu
Que maintenant, ma foi, c'est de l'argent perdu.
J'ai fait plus d'une annonce habile, décevante ;
Mais voyez mon commis et mon livre de vente ;
Ivan, Ina, parmi cent autres brimborions,
De l'arrière-boutique encombrent les rayons.

Et puis, voilà-t-il pas Byron qui m'expédie,
Plié dans une lettre, un bout de tragédie
Qui n'en est pas plus une, ainsi qu'on le verra,
Que *Damley, Kehama*, qu'*Ivan* et cætera !
Depuis un an il baisse, et son talent s'épuise :
Il faut qu'il ait perdu son esprit à Venise.
Enfin, Monsieur, s'il faut nettement m'expliquer,
Dans de nouveaux périls je n'ose m'embarquer.
Je vous écris en hâte, excusez les ratures :
Cette lettre est tracée au fracas des voitures.
Ma chambre est pleine ; ici le critique Gifford
Discute d'un article et le faible et le fort,
Et, glosant sur les noms et sur les particules,
Corrige doctement des points et des virgules.

Le *Quarterly*. – Peut-être auriez-vous ce talent !
Faites pour la *Revue* un article excellent :
Par exemple, prenez pour sujet Sainte-Hélène ;
Ou bien, si vous vouliez, Monsieur, prendre la peine,
Aussi brièvement qu'on pourra l'exprimer,
De nous dire comment… – Mais, pour me résumer,
Je disais – que ma chambre en beaux esprits abonde,

Crabbe, Campbell, Croker, Frère, Ward, tout le monde ;
Tout homme comme il faut, pourvu qu'il soit bien mis,
Dans mon humble retraite est poliment admis.

Je reçois aujourd'hui plus d'un auteur notable ;
Crabbe, Hamilton, Chantrey, paraîtront à ma table ;
Ils sont là, maintenant, parlant du coup fatal
Qui vient de nous ravir cette pauvre de Staël.
Son livre sur la France avançait ; quel dommage !
Puisse la vérité briller dans cet ouvrage !
Ainsi notre temps passe ; ainsi nous caquetons. –
Mais revenons un peu, docteur, à nos moutons.
J'en suis vraiment fâché, mais, d'honneur, sur mon âme,
Voyez-vous, je ne puis imprimer votre drame,
À moins qu'O'Neill n'y joue ; alors on pourrait voir.
Je ne respire pas du matin jusqu'au soir ;
Je suis mort, ma cervelle est pleine jusqu'au faîte,
Et je ne sais vraiment où donner de la tête.
Sur ce, docteur, je suis, d'un cœur sincère et vrai,
Votre humble et très pressé serviteur.

JOHN MURRAY.

Épître à M. Murray

1

Cher Murray, qui diable vous presse
De mettre incontinent mon dernier chant sous presse ?
Hobhouse vous l'apporte en toute sûreté,
Dans son portemanteau fort bien empaqueté ;
Et si nul en chemin d'ici là ne le vole,
Vous l'allez recevoir bientôt, sur ma parole.

2

Quant au journal que vous nous promettez,
Et que déjà vous nous vantez,
C'est bien ; pour moi, maintenant je termine
Mon *Beppo*, que je vous destine.
Pour vous au net je le mettrai,
Et puis je vous l'expédîrai.

3

De Galt vous avez le voyage ;
C'est peu de chose, assurément,

Et vous ne pouviez décemment
Commencer par un moindre ouvrage.
L'auteur, emphatique vaurien,
Ignorant le français comme l'italien,
Pour écrire son sot grimoire.
Sans doute possédait le don divinatoire.

4

Quelles pertes, d'ailleurs, ne répareraient pas
Spence et son commérage ! on le lira, je pense.
Puis, vous avez *Marie* et sa correspondance :
Cela, joint à *Beppo*, pourra faire fracas
Et du public vaincre l'indifférence.

5

Puis vous avez, par-dessus le marché,
Gordon, général émérite,
Aidant son maître moscovite
À décrasser son peuple, ours du Nord mal léché
Pour qui faire sa barbe est un affreux péché.

6

Quant à l'écrivain, pauvre diable,
Au personnage habile et sans argent
Avec qui vous voulez conclure au préalable,
En fait de mérite indigent,
Venise pourrait bien vous présenter votre homme ;
Mais veuillez, s'il vous plaît, me préciser la somme.

Venise, 8 janvier 1818.

À M. Murray

I.

Strahan, Tonson, Lintot de notre époque, patron et publicateur des rimes, pour toi le poète gravit péniblement le Pinde, mon Murray.

II.

À toi, son manuscrit en main, se présente, muet d'espoir et de crainte, l'auteur qui demande à prendre son essor ; tu imprimes tout, – tu vends quelquefois, – mon Murray.

III.

Sur le tapis vert de ta table je vois le dernier numéro du *Quarterly* ; – mais où est ton nouveau *Magazin*, mon Murray ?

IV.

Sur les rayons les plus élégants brillent les livres que tu estimes les plus divins, l'*Art de la Cuisine*, et mes ouvrages, mon Murray.

V.

Excursions, voyages, essais, sermons, tout cela, je pense, amène de la farine à ton moulin ; et puis tu as encore l'*Almanach de la Marine royale*, mon Murray.

VI.

Et Dieu me garde de terminer sans mentionner le *Bureau des longitudes*, quoiqu'il me reste à peine de la place sur cet étroit papier, mon Murray.

Venise, 25 mars 1818.

À Thomas Moore

I.

Que fais-tu maintenant, ô Thomas Moore ? Que fais-tu maintenant, ô Thomas Moore ? Es-tu occupé à soupirer ou à faire ta cour ? Fais-tu des vers ou l'amour ? Es-tu dans les baisers ou dans les roucoulements, dis, Thomas Moore ?

II.

Mais voici venir le carnaval, ô Thomas Moore ! Voici venir le carnaval, ô Thomas Moore ! Voici venir le masque et la chanson, le fifre et le tambourin, la guitare et le plaisir, ô Thomas Moore !

Épitaphe de William Pitt

Celui dont la dépouille est sous ce marbre enfouie
Mentit dans la chapelle et dort dans l'abbaye

Épigramme

Cobbett a fort bien fait, chacun en conviendra
D'exhumer tes os, Thomas Payne ;
Si de venir le voir ici tu prends la peine,
En enfer, à son tour, il te visitera.

Sur l'anniversaire de mon mariage

Voici venir le jour qui commence l'année :
J'accepte, mes amis, vos vœux et votre espoir ;
Souhaitez-moi pourtant, s'il vous plaît, de revoir
Cette époque souvent, jamais cette journée.

Sur la naissance de John William Rizzo Hopner

Cet enfant unira, j'espère.
Au bon sens paternel la grâce de sa mère,
Et, pour qu'aucun bonheur ne lui manque ici-bas,
L'appétit de Rizzo charmera ses repas.

Sonnet à Georges IV, sur le retrait de la condamnation de lord Edouard Fitzgerald

Être le père de l'orphelin, tendre la main du haut du trône, et relever le fils de celui qui expira autrefois pour soustraire un royaume au sceptre de ton père, c'est être véritablement roi, c'est transformer l'envie en louanges ineffables. Renvoie tes gardes, confie-toi à de tels actes, car quelles mains se lèveront, sinon pour te bénir ? Sire, n'était-il pas facile et n'est-il pas doux de te faire aimer et d'être tout-puissant par la clémence ? Maintenant ta souveraineté est plus absolue que jamais ; tu règnes en despote sur un peuple libre, et ce ne sont pas nos bras, mais nos cœurs que tu enchaînes.

Bologne, 12 août 1819.

L'Avatar Irlandais

I.

Avant que la fille de Brunswick soit refroidie dans son cercueil, et pendant que les vagues portent ses cendres vers sa patrie, Georges le Triomphant s'avance sur les flots vers l'île bien-aimée qu'il chérit – comme son épouse.

II.

Il est vrai qu'ils ne sont plus, les grands hommes qui ont signalé cette ère de gloire si brillante et si courte, arc-en-ciel de la Liberté, ce petit nombre d'années dérobées à des siècles d'esclavage et pendant lesquelles l'Irlande n'eut point à pleurer sa cause trahie ou écrasée.

III.

Il est vrai que les chaînes du catholique résonnent sur ses haillons ; le château est encore debout ; mais le sénat n'est plus, et la famine, qui habitait ses montagnes esclaves, étend son empire jusqu'à son rivage désolé.

IV.

Jusqu'à son rivage désolé, – où l'émigrant s'arrête un moment pour contempler encore sa terre natale avant de la quitter pour toujours ; ses larmes tombent sur sa chaîne qu'il vient de briser, car la prison qu'il quitte est le lieu de sa naissance.

V.

Mais il vient ! il vient, le Messie de la royauté, semblable à un énorme Léviathan poussé par les vagues ! Recevez-le donc comme il convient d'accueillir un tel hôte, avec une légion de cuisiniers et une armée d'esclaves !

VI.

Il vient, dans la verte primeur de la soixantaine, jouer son rôle de roi au milieu de la cérémonie qui se prépare. – Vive à jamais le trèfle dont il est couvert ! si le vert qu'il porte à son *chapeau* pouvait passer à son *cœur* !

VII.

Si ce cœur depuis longtemps flétri pouvait reverdir, et si une source nouvelle de nobles affections pouvait y naître, la Liberté pourrait te pardonner, ô Érin, ces danses sous le poids de tes chaînes et ces cris de ton esclavage, qui attristent le ciel.

VIII.

Est-ce démence ou bassesse de ta part ? Fût-il Dieu lui-même, – au lieu d'être, comme il l'est, fait de la plus grossière argile, avec plus de vices au cœur qu'il n'a de rides au front, ton dévouement servile lui ferait honte, et il s'éloignerait.

IX.

Oui, hurle à sa suite ! Que tes orateurs torturent leur imagination pour caresser son orgueil ! – Ce n'était pas ainsi que sur la Liberté implorée en vain l'âme indignée de ton Grattan faisait luire les foudres de sa parole.

X.

Grattan à jamais glorieux ! le meilleur entre les bons ! si simple de cœur, si sublime dans tout le reste ! doué de tout ce qui manquait à Démosthènes, son rival ou son vainqueur dans tout ce que possédait l'Athénien.

XI.

Lorsque Tullius s'éleva à l'apogée de Rome, quoiqu'il n'eût point d'égaux, d'autres l'avaient précédé ; l'œuvre était commencée ; – mais Grattan sortit comme un Dieu de la tombe des âges, le premier, le dernier, le sauveur, l'*unique*.

XII.

Il eut le talent d'Orphée pour toucher les brutes, et le feu de Prométhée pour embraser le genre humain ; la Tyrannie elle-même, en l'écoutant, se sentit émue ou resta muette, et la Corruption recula terrifiée devant le regard de son génie.

XIII.

Mais revenons à notre sujet ! revenons aux despotes et aux esclaves ! aux banquets fournis par la famine ! aux réjouissances dont la douleur fait les frais ! L'accueil de la vraie Liberté est simple ; mais l'Esclavage extravague dans ses démonstrations quand une semaine de saturnales vient à relâcher sa chaîne.

XIV.

Que l'indigente splendeur que t'a laissée ton naufrage, décore le palais (comme le banqueroutier cherche à cacher sa ruine sous un étalage de luxe), Érin, voici ton maître. Dépose les bénédictions aux pieds de celui qui le refuse les siennes !

XV.

Ou si en désespoir de cause la liberté est obtenue de force, si l'idole de bronze s'aperçoit que ses pieds sont d'argile, ce sera parce que la terreur ou la politique auront arraché ce que les rois ne donnent jamais qu'à la manière des loups quand ils abandonnent leur proie.

XVI.

Chaque animal a sa nature, celle d'un roi est de *régner – régner* ! ce seul mot comprend la cause de toutes les malédictions consignées dans les annales des siècles, depuis César le redouté jusqu'à Georges le méprisé !

XVII.

Mets ton uniforme, ô Fingal ! O'Connell, proclame ses perfections ! *ses* perfections à *lui* ! ! ! et persuade à ta patrie qu'un demi-siècle de mépris fut une erreur de l'opinion, et que « Henri est bien le plus mauvais sujet et le plus charmant jeune prince qui soit au monde. »

XVIII.

Ton aune de ruban bleu, ô Fingal ! fera-t-elle tomber les fers de plusieurs millions de catholiques ? ou plutôt n'est-ce pas pour toi une chaîne plus étroite encore que celle de tous les esclaves qui maintenant saluent de leurs hymnes celui qui les a trahis ?

XIX.

Oui ! « bâtissez-lui une demeure ! » que chacun apporte son obole ! jusqu'à ce que, comme une autre Babel, s'élève le royal édifice ! Que les mendiants et tes ilotes réunissent leur pitance – et donnent un palais en retour d'un dépôt de mendicité et d'une prison !

XX.

Servez, – servez, pour Vitellius, le royal banquet, jusqu'à ce que le despote glouton en ait jusqu'à la gorge ! et que les hurlements de ses ivrognes le proclament le quatrième des imbéciles et des oppresseurs du nom de « Georges ! »

XXI.

Que les tables gémissent sous le poids des mets ! Qu'elles gémissent comme ton peuple pendant des siècles de malheur ! Que le vin coule à flots autour du trône de ce vieux Silène, comme le sang irlandais a coulé et doit couler encore !

XXII.

Mais que *son* nom ne soit pas ta seule idole. – Contemple à sa droite le moderne Séjan ! Ton Castlereagh ! Ah ! qu'il soit tien encore ! misérable dont le nom n'a jamais été prononcé qu'accompagné de malédictions et de railleries,

XXIII.

Jusqu'à ce jour où l'île qui devait rougir de lui avoir donné naissance, comme le sang qu'elle a versé a rougi ses sillons, semble fière du reptile sorti de ses entrailles, et pour prix de ses assassinats lui prodigue les acclamations et les sourires !

XXIV.

Sans un seul rayon du génie de sa patrie, sans l'imagination, le courage, l'enthousiasme de ses fils, – le lâche peut faire douter Érin qu'elle ait donné le jour à un être aussi vil.

XXV.

Sinon – qu'elle cesse de s'enorgueillir de ce proverbe qui proclame que sur le sol d'Érin aucun reptile ne peut naître ; voyez-vous le serpent, avec son sang de glace et le venin qui le gonfle, réchauffer ses anneaux dans le sein d'un roi !

XXVI.

Crie, bois, mange et adule, ô Érin ! Le malheur et la tyrannie t'avaient déjà mise bien bas ; mais l'accueil que tu fais aux tyrans t'a fait descendre plus bas encore.

XXVII.

Mon humble voix s'éleva pour défendre tes droits ; mon vote d'homme libre fut donné à ton affranchissement ; ce bras, quoique faible, se fût armé pour ta querelle, et dans ce cœur, bien qu'usé, il y avait encore un battement pour toi.

XXVIII.

Oui, je t'aimais, toi et les tiens, bien que tu ne sois pas ma terre natale ; j'ai connu parmi tes fils de nobles cœurs et de grandes âmes, et j'ai pleuré avec le monde entier sur la tombe de tes patriotes ; mais maintenant je ne les pleure plus.

XXIX.

Car ils dorment heureux dans leurs sépultures lointaines, tes Grattan, tes Curran, tes Shéridan, tous ces chefs longtemps illustrés dans la guerre de l'éloquence, qui, s'ils n'ont pas retardé ta chute, l'ont du moins honorée.

XXX.

Oui, ils sont heureux sous la froide pierre de leurs tombeaux anglais ! Leurs ombres ne s'éveilleront pas aux clameurs qu'aujourd'hui tu exhales, et le gazon qui recouvre leur libre argile, ne sera pas foulé par des oppresseurs et des esclaves qui baisent leurs chaînes.

XXXI.

Jusqu'à ce jour j'avais porté envie à tes fils et à ton rivage, bien que leurs vertus fussent proscrites, leurs libertés en fuite : il y avait je ne sais quoi de si chaleureux et de si sublime dans un cœur irlandais, que je porte envie – à tes *morts* !

XXXII.

Ou, si quelque chose peut faire taire un instant mon mépris pour une nation si servile malgré ses blessures encore saignantes, une nation qui, foulée aux pieds comme le ver, ne se retourne pas contre le Pouvoir, c'est la gloire de Grattan et le génie de Moore !

Stances à l'Éridan

I.

Fleuve qui baignes de tes flots l'antique cité où habite la dame de mon amour, pendant qu'elle se promène sur tes bords, et que peut-être elle reporte vers moi un souvenir faible et passager ;

II.

Que ton onde vaste et profonde n'est-elle le miroir de mon cœur où ses yeux puissent lire les mille pensées que maintenant je te confie, agitées comme tes vagues, impétueuses comme ton cours !

III.

Que dis-je ! – le miroir de mon cœur ! Ton onde n'est-elle pas forte, rapide et sombre ? Tu es ce que furent et ce que sont mes sentiments ; et ce que tu es, mes passions l'ont été longtemps.

IV.

Peut-être le temps les a-t-il un peu calmées, – mais non pour toujours ; tu franchis tes rives, fleuve sympathique ! et pendant quelque temps les flots en ébullition débordent, puis rentrent dans leur lit ; les miens se sont affaissés et ont disparu,

V.

Laissant après eux des ruines ; et maintenant nous avons repris notre ancien cours ; toi, pour aller te réunir à l'Océan ; – moi, pour aimer *celle* que je ne devrais pas aimer.

VI.

Ces flots que je contemple couleront sous les murs de sa cité natale, et murmureront à ses pieds ; ses yeux te regarderont quand, fuyant les chaleurs de l'été, elle viendra respirer l'air du crépuscule.

VII.

Elle te regardera, – et, plein de cette pensée, je t'ai regardé ; et depuis ce moment, ne séparant plus son souvenir de toi, je n'ai pu penser à tes ondes, je n'ai pu les nommer ni les voir sans un soupir pour elle !

VIII.

Ses yeux brillants se réfléchiront dans tes flots ; – oui ! ils verront cette même vague que je fixe en ce moment : vague fortunée ! les miens ne la reverront plus, même en rêve !

IX.

Le flot qui emporte mes larmes ne reviendra plus ; reviendra-t-elle, celle que le flot va rejoindre ? – Éridan ! tous deux nous foulons tes rives, tous deux nous errons sur tes bords, moi près de ta source, elle près de l'Océan au flot bleu.

X.

Mais ce qui nous sépare, ce n'est ni l'éloignement, ni la profondeur des vagues, ni de vastes territoires ; c'est la barrière d'une destinée différente, aussi différente que les climats qui nous ont donné le jour.

XI.

Un étranger s'est pris d'amour pour la dame de ces bords ; il est né bien loin par-delà les montagnes ; mais son sang est tout méridional, comme s'il n'avait jamais ressenti le souffle des sombres autans qui glacent les mers du pôle.

XII.

Mon sang est tout méridional, sans quoi je n'aurais pas quitté ma patrie, et je ne serais pas, en dépit de douleurs que l'oubli n'effacera jamais, redevenu l'esclave de l'amour, – ou tout au moins de toi.

XIII.

C'est en vain que j'essaierais de lutter ; – je consens à mourir jeune. – Que je vive comme j'ai vécu ; que j'aime comme j'ai aimé ; si je redeviens poussière, c'est de la poussière que je suis sorti, et alors, du moins, rien ne pourra plus émouvoir mon cœur.

Stances composées sur la route de florence à Pise

I.

Oh ! ne me parlez plus d'un grand nom dans l'histoire ; les jours de notre jeunesse sont les jours de notre gloire ; le myrte et le lierre sur un front de vingt-deux ans valent tous vos lauriers, quel qu'en soit le nombre.

II.

Que sont des guirlandes et des couronnes pour un front sillonné de rides ? c'est la rosée printanière sur une fleur morte. Loin d'une tête blanchie de pareils ornements ! que m'importent des lauriers qui ne peuvent donner que la gloire ?

III.

Ô renommée ! si jamais j'ai pris plaisir à tes louanges, c'est moins à cause de tes phrases sonores que pour lire dans les yeux brillants de celle qui m'est chère qu'elle ne me jugeait pas indigne de l'aimer.

IV.

C'est *là* surtout que je te cherchais, c'est *là* seulement que je te trouvais ; le plus beau des rayons de ton auréole, c'était son regard ; quand quelque chose brillait en moi dont l'éclat se reflétait dans ses yeux, alors je connaissais l'amour, et je sentais la gloire.

Stances

SI LE FLEUVE DE L'AMOUR.

I.

Si le fleuve de l'Amour pouvait couler toujours, si le temps ne pouvait rien sur lui, – nul autre plaisir ne vaudrait celui-là, et nous chéririons notre chaîne comme un trésor. Mais puisque nous cessons de soupirer avant de cesser de vivre, puisque, fait pour voler, l'Amour a des ailes, eh bien, aimons pendant une saison, et que cette saison soit le printemps.

II.

Quand des amants se quittent, leur cœur se brise de douleur ; tout espoir est perdu pour eux ; ils croient n'avoir plus qu'à mourir. Quelques années plus tard, oh ! comme ils verraient d'un œil plus froid celle pour laquelle ils soupirent ! Enchaînés l'un à l'autre dans toutes les saisons, ils dépouillent plume à plume les ailes de l'Amour ; – dès lors il ne s'envole plus ; mais, privé de son plumage, il grelotte tristement après que le printemps est passé.

III.

Comme un chef de faction, le mouvement est sa vie. – Tout pacte obligatoire qui contrôle sa puissance obscurcit sa gloire ; il quitte dédaigneusement un territoire où il ne règne plus en despote. Il ne peut rester stationnaire ; il faut qu'enseignes déployées, ajoutant chaque jour à

85

son pouvoir, il marche sans cesse en avant ; – le repos l'accable, la retraite le tue : l'Amour ne souffre point un trône dégradé.

IV.

Amant passionné, n'attends pas que les années s'écoulent pour t'éveiller ensuite comme d'un songe, alors que, vous reprochant avec des paroles de raillerie et de colère vos imperfections mutuelles, vous serez hideux aux yeux l'un de l'autre. – Quand la passion commence à décliner, mais subsiste encore, n'attends pas que les contrariétés aient achevé de la flétrir : dès que l'Amour décroît, son règne est terminé. – Séparez-vous donc de bonne amitié, – et dites-vous adieu.

V.

C'est ainsi que votre affection aura laissé en vous des souvenirs pleins de charmes : vous n'aurez point attendu que, fatigués ou aigris, vos passions se soient émoussées dans la satiété. Vos derniers baisers n'auront pas laissé de froides traces ; – les traits auront conservé leur expression affectueuse, et les yeux, miroir de vos douces erreurs, réfléchiront un bonheur qui, pour avoir été le dernier, n'en fut pas moins suave.

VI.

Il est vrai que les séparations demandent plus que de la patience ; quels désespoirs n'ont-elles point fait naître ! Mais, en s'obstinant à rester, que fait-on, sinon enchaîner des cœurs qui, une fois refroidis, se heurtent contre les barreaux de leur prison ? Le temps engourdit l'Amour, la continuité le détruit ; l'Amour, enfant ailé, veut des cœurs jeunes comme lui ; il y a pour nous une douleur plus cuisante, mais plus courte, à sevrer nos joies qu'à les user.

Le Bal de charité

Qu'importent les angoisses d'un époux et d'un père ? qu'importe que dans l'exil ses douleurs soient grandes ou petites, pourvu qu'ELLE s'entoure de la gloire du pharisien, et que les dévots patronisent son « bal de charité ? » Qu'importe qu'un cœur sensible, bien que coupable, soit entraîné à des excès devant lesquels il eût reculé autrefois ? – Les souffrances du pécheur ne sont que justice, et la réserve sa charité pour le bal.

Endos mis à l'acte de séparation en avril 1816

L'an passé, femme aimable et tendre,
Tu me jurais – « amour, respect, » – et cætera ;

Ce que vaut ce serment que ta voix fit entendre,
    Ce papier le dira.

Épigramme sur l'anniversaire de mon mariage

À PÉNÉLOPE.

Ce jour, dont je maudis l'aurore,
De tous nos jours fut le plus malheureux ;
Voilà *six* ans nous n'étions qu'*un* encore,
Depuis cinq ans nous sommes *deux*.

Sur le trente-troisième anniversaire de ma naissance

(22 JANVIER 1821.)

Parcourant cette vie et ses ennuis cuisants,
À travers ce sentier fangeux, pénible et sombre,
De trente-trois mes ans ont donc atteint le nombre !
Que m'en reste-il ? Rien ; mais j'ai trente-trois ans.

Épigramme

SUR CE QUE LA COMPAGNIE DES CHAUDRONNIERS AVAIT RÉSOLU DE PRÉSENTER UNE ADRESSE À LA REINE CAROLINE.

Les chaudronniers avec force métal
    Doivent, dit-on, aller trouver la reine.
    Ils peuvent s'épargner la peine
D'une procession digne du carnaval,
    Carde bronze et d'airain là-bas on n'a que faire,
Et c'est vraiment de l'eau qu'on porte à la rivière.

À M. Murray

Pour Oxfort et pour Waldegrave
Vous donnez plus que pour moi, c'est très grave.
Mon cher Murray, vous avez tort ;
Un chien vivant vaut bien un lion mort ;
Le proverbe le dit. Un lord vivant, j'espère,
Vaut pour le moins deux lords en terre ;
Puis le vers se vend mieux que la prose, entre nous ;
Mais le papier me manque ; au fait, décidez-vous.
Si vous l'avez pour agréable,
C'est bien ; sinon, mon cher, allez au diable.

Stances

Quand un homme n'a point dans sa patrie de liberté pour laquelle il puisse combattre, qu'il aille combattre pour celle de ses voisins. Qu'il pense à la gloire de la Grèce et de Rome, et qu'il se fasse casser la tête pour sa peine.

Faire du bien au genre humain est un plan chevaleresque qui est toujours noblement récompensé ; battez-vous donc pour la liberté partout où vous pourrez, et si vous n'êtes ni fusillé ni pendu, vous avez la chance d'être fait baron.

Sur le suicide de lord Castlereagh

Honneur à toi, patriote sublime !
Tu suivis de Caton l'exemple magnanime :
Il aima mieux, de Rome inflexible soutien,
Mourir pour son pays, comme toi pour le tien,
Que voir la tyrannie assise aux bords du Tibre ;
Toi, tu t'es immolé pour qu'Albion fût libre.

Sur le même

Il s'est donné la mort ! – Si c'était, l'insensé !
Le premier sang qu'il eût jamais versé !

Sur le même

Qui s'est tué ? – Celui dont le bras détesté
Avait, depuis longtemps, tué la liberté.